青少年求知文库
QingShaoNian QiuZhiWenKu

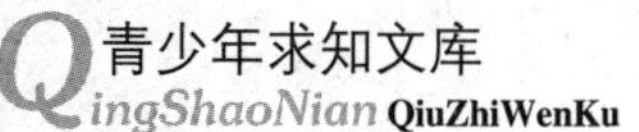

亲情最动人

曾微隐　编

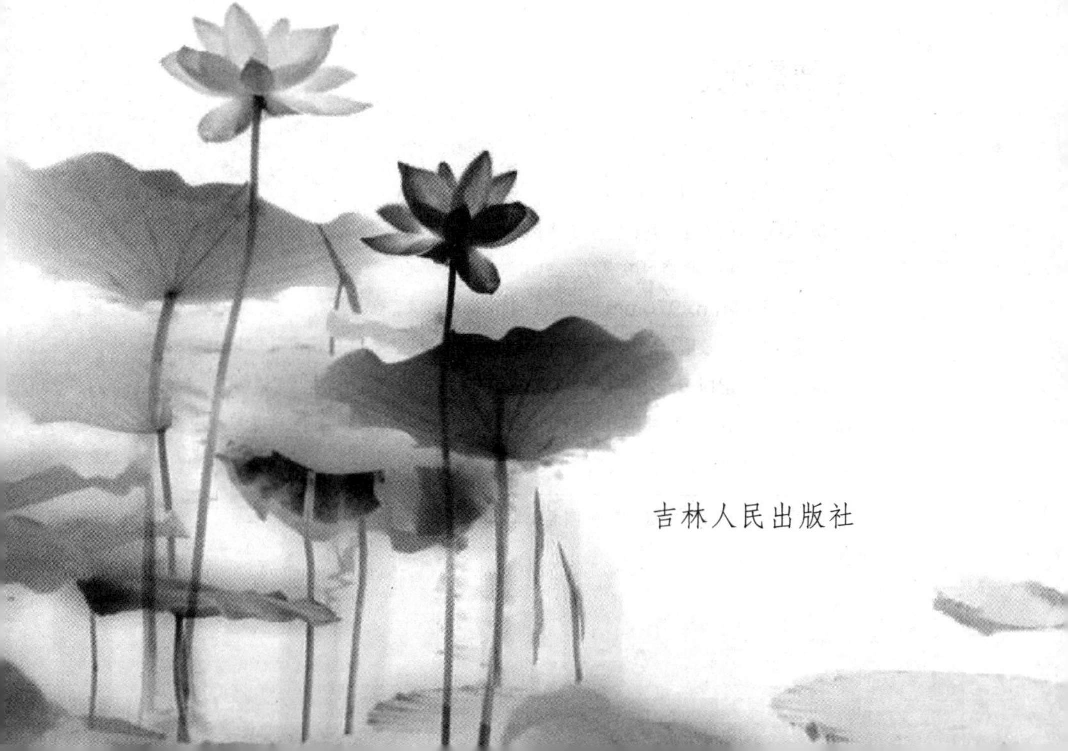

吉林人民出版社

图书在版编目（CIP）数据

亲情最动人 / 曾微隐编. — 长春 : 吉林人民出版社, 2010.7（2021.3重印）
（青少年求知文库）
ISBN 978-7-206-06885-0

Ⅰ. ①亲… Ⅱ. ①曾… Ⅲ. ①散文—作品集—世界 Ⅳ. ①I16

中国版本图书馆CIP数据核字(2010)第120395号

亲情最动人

编　　者：曾微隐
责任编辑：葛　琳
吉林人民出版社出版（长春市人民大街 7548 号　邮政编码：130022）
印　刷：三河市燕春印务有限公司
开　本：700mm×970mm　　1/16
印　张：13　　　　字数：110 千字
标准书号：ISBN 978-7-206-06885-0
版　次：2010 年 7 月第 1 版　　　印　次：2021 年 3 月第 2 次印刷
定　价：39.00 元

目　录

母爱的年轮　邓笛编译 / 001

十月怀胎　沈小琳 / 005

生命的奇迹　子　鱼 / 010

庸俗的母体　刘又文 / 013

疼痛指数　优　游 / 015

给你的爱一直很安静　喻　虹 / 017

谢谢你说你恨我　乔　叶 / 021

三毛的妈妈写给女儿的一封信　/ 024

谁把耳朵给了我　乔黎明 / 028

母爱也期待回报　安　宁 / 031

孩子，你什么时候才能长大　佚　名 / 034
有些电话一定得接　代淑蓉 / 040
爱，从来不会多余　张亚凌 / 042
岁月有痕　梁　凌 / 044
母亲是一种岁月　卢盛宽 / 046
鼓励　马　婧 / 049
只因她是母亲　倚　窗 / 051
母亲老去　杨治文 / 057
继母的账本　艾　妃 / 062
女儿心　李月亮 / 069
爱谁都值得　马　德 / 075
最爱你的人心最低　苗　青 / 078
爱的训练　醉东风 / 080
爱不糊涂　梧桐听雨 / 083
母亲菜　卫宣利 / 085
爱也是一种放弃　佚　名 / 087
滴水恩与寸草心　邓　亮 / 089
阳台上的母亲　西冷禅 / 092

晒被子的窗口　张　鹰 / 097

一个德国母亲的四个教育细节　阿　文 / 100

俺娘　高艳哲 / 106

有一种爱不能等待　佚　名 / 108

无“时差”的母亲　明　云 / 110

母亲守点　大　刘 / 112

笑的时候　罗蕾莱 / 114

我的妈妈从来不笑　含笑花 / 117

一粒沙的距离　张祖文 / 120

你为父母倒过 100 杯水吗？　佛堂龙女 / 124

52 米高台上的母爱　gdts / 127

下辈子，你不要再做我的孩子！　合欢开了 / 131

白色的风信子　刘继荣 / 137

最让人疼的孩子　徐津 / 142

父亲，男人最温柔的名字　兰逸尘 / 146

孩子长大，父亲变老　木　每 / 150

父亲报喜不报忧　爱国先生 / 153

永不缩回双手的父亲　叶倾城 / 157

把你的手给我 查一路 / 160

养大的儿子成了客 佚　名 / 163

有父如此 杨海伦编译 / 167

孩子，我在等你犯错 我是一棵小草 / 170

爱是什么 肖艳霞 / 175

为人父母的无能为力 （阿根廷）罗莎·罗德里格斯 / 177

批评和表扬 毕淑敏 / 179

爱的札记 肖复兴 / 183

最伤孩子心的十句话 / 185

谁开家长会 乔　迁 / 188

转瞬间，我成了大人 （美国）理查德·科恩 / 191

找个机会把椅子坐垮 韩春梅 / 194

爱不埋怨 黄　健 / 196

父母不会在原地等你 佚　名 / 198

母爱的年轮

邓笛编译

你1岁的时候，她喂养你，给你洗澡，你何以为报？哦，你整夜哭闹。

你2岁的时候，她教你走路。你何以为报？哦，你不理睬她的呼唤，踉踉跄跄地乱跑。

你3岁的时候，她精心为你制作每一餐。你何以为报？哦，你把餐具往地上抛。

你4岁的时候，她给你买了蜡笔。你何以为报？哦，你在家里雪白的墙上画了狗狗和猫猫。

你5岁的时候，她给你穿上新衣服过节。你何以为报？哦，你滚在泥地上和小朋友们嬉戏玩闹。

你6岁的时候，她送你去读书。你何以为报？哦，你哭喊着说不愿意上学校。

你 7 岁的时候，她给你买了一只皮球。你何以为报？哦，你砸坏领居的窗玻璃惹得人家上门来告。

你 8 岁的时候，她给你买冰淇淋。你何以为报？哦，你把黏糊糊的手往她衣服上靠。

你 9 岁的时候，她请老师教你弹钢琴。你何以为报？哦，你宁可坐着发呆也不愿把钢琴练好。

你 10 岁的时候，她开车送你去体育馆。你何以为报？哦，你下车就走，头不转来手不招。

你 11 岁的时候，她带你和你的同学们去看电影。你何以为报？哦，你让她不要和你们坐在一道。

你 12 岁的时候，她让你不要看某些电视频道。你何以为报？哦，你偷着看不理她这一套。

你 13 岁的时候，她建议你去理发。你何以为报？哦，你笑她落伍，是一个“土老帽儿”。

你 14 岁的时候，她替你报名参加了夏令营。你何以为报？哦，你不懂得写信把平安报。

你 15 岁的时候，她下班回家想把你抱。你何以为报？哦，你关在卧室里不愿把面照。

你 16 岁的时候，她陪着你学开车。你何以为报？哦，你一有机会就独自开着车跑。

你 17 岁的时候，她要等一个与你有关的重要电话。你何以为报？哦，你整晚都占着电话和朋友把天聊。

你 18 岁的时候，她在你中学毕业典礼上流下激动的热泪。你何以为报？哦，你彻夜不归与同学聚会一通宵。

你 19 岁的时候，她送你上大学帮你拎着包。你何以为报？哦，你不言谢是因为生怕同学们讥笑。

你 20 岁的时候，她关心你有没有过约会。你何以为报？哦，你说与她无关不要把心操。

你 21 岁的时候，她为你将来的事业出谋划策。你何以为报？哦，你认为你不会像她一样白来人世一遭。

你 22 岁的时候，她庆祝你大学毕业了。你何以为报？哦，你伸手向她要出国游玩的钞票。

你 23 岁的时候，她送你家具，布置你独立生活后的第一间房。你何以为报？哦，你向朋友抱怨说家具一点儿也不时髦。

你 24 岁的时候，她见到了你的对象，询问你们将来的计划。你何以为报？哦，你瞪着眼冲她喊，妈妈，不要瞎操心，好不好！

你 25 岁的时候，她帮你置办了许多嫁妆。你何以为报？哦，你在远离她的地方安上了你的爱巢。

你 30 岁的时候，她打电话告诉你抚养宝宝的经验。你何以为报？哦，你说时代不同，她的经验过时了。

你 40 岁的时候，她通知你家里某某人的生日快到了。你何以为报？哦，你说这些天你忙得不可开交。

你50岁的时候，她病了，需要你的照料。你何以为报？哦，你觉得她成了你的负担让你受不了。

接着，有一天，她静静地走了，你忽然想起你还有许多话没有对她说，还有许多事没有为她做到。为什么要到这一天，才想到何以为报？别等到她离我们而去时才懂得母亲是那么重要。

十月怀胎

沈小琳

去年夏天，就在我惦记着出国读书的时候，意外发生——我怀孕了。当时我拿着化验单，一点儿也高兴不起来，反而眼泪止不住的流，只有我丈夫乐得合不拢嘴。他对我挤眉弄眼，意思说出不了国了吧，都结婚的人还兴风作浪。我只有对着澳大利亚悉尼大学的录取单苦笑，将一肚子的郁闷憋在心里。

我的郁闷不是没有原因的。到了近三十的年纪似乎就是一个坎，父母社会都逼着我结婚、生子，连内心也脆弱起来，时刻提醒着自己青春已远去。其实我还没有准备好为人母，我想的依然是要出国，要去领略各国风情，异域文化，要尝遍天下美食，阅尽世间美男。古人云：朝闻道，夕死足矣。我则是环游世界，夕死足矣。我自由自在的个性不愿意为任何事、任何人而羁绊，但是现在为了这个孩子，我不得不推迟我原有的计划，继续着上班回家的单调生活。

我生而为女人，从出生的第一天面对的就是社会对女性的定位：贤良淑德、克己恭俭；女人要以家庭为重；要吃苦耐劳，洗衣、做饭、带孩子。按照这个印迹我慢慢体会人生，然后发现几千年前的孔子说得对，女子无才便是德。只要女人读了书，就会重新审视社会加给我们的行为操守。它像一张巨网无处不在，又像面包馒头似的实实在在压得我们喘不过气。我家里很乱，因为我认为乱七八糟才有灵感，朋友来家串门，都窃笑我是个懒婆娘，可竟然没一个说我丈夫是个懒汉，难道家里的脏乱差不是有我的一半，也有他的一半吗；还有人说，要想留住丈夫的心，就得留住他的胃，难道女人非得是三级厨师吗，想我也是如此的玉树临风、略有姿色，干吗没人想留住我的胃；现如今怀孕了，自然也得放弃出国梦，女人对孩子的奉献不也是天经地义！

以后的日子，我仍然在公司像像头老牛一样干活儿，只是饭量大了许多。深秋季节，宽大的外套掩饰着我日渐臃肿的身材，原来一尺七八的腰围，如今低头连自己脚趾也看不到了。朋友一听说我大肚子了，不管吃饭聚会逛街，都把我剔除在外，好像我得了瘟疫。我逐渐感到胸闷气喘，晚上要换四五个姿势才睡得着。不过受尊敬的程度倒是与日俱增，公交车上，有人给我让座；走在路上，人们都对我小心翼翼，惟恐有个闪失。而我丝毫也提不起精神，可恨的孩子，他让我失去了宝贵的自由，真不知道我为什么要生下他。

预产期越来越近，还有十来天了，母亲有心脏病，不肯到上海看我生孩子，这让我觉得很害怕，也很无助。一想到电视里生孩子的镜头，我就觉得脚发软，跟丈夫说我真是怕生孩子啊，他回答说哪个女人不生孩子啊，没事的，又死不了。我听了，只感到身上丝丝的凉意，陡然觉得自己只是个生孩子的机器，腔子里无端一股怒火，心里想倒霉的结婚，可恨的孩子，怎么男人不去受这个罪呢！那一天夜里，我模模糊糊觉得床上湿了一块，害怕起来，就睡不着了。第二天白天去医院检查时医生说没事，我悬着的心暂时放下了。可晚上散步的时候，突然又流了很多水，去医院挂急诊发现羊水破了，直接进了产房。我静静地躺在那里，听着整个楼层不断传出痛苦的呻吟、揪心的叫喊和孩子嘹亮的啼哭声。我恐惧地等待着医生所说的“阵痛”，可肚子一点反应也没有。第二天、第三天挂了两天催产素，眼看着邻床换了一个又一个，可我就是没有要生的迹象，我开始焦急起来，希望自己的肚子赶快疼。到了第四天，医生说不行了，今天必须剖了，手术不痛，也没什么危险，于是下午三点我被推进手术室。

进去时我心情还是不错的，想着这么个肉球终于拿掉了，自己又可以扮花姑娘了，我甚至盘算着如何减肥的问题。但三点五十五分，随着那一声清脆的哭声，我突然意识到我是个妈妈了，我有自己的孩子了，世界上最最可爱的孩子！

哇哇，我让护士将孩子递给我看，不敢相信这是从我肚子里出来的小生命，我的眼泪一下子涌了出来。心率急剧增加到二百，医生不停地说不能激动，否则有生命危险，我尽力控制住感情。麻药开始起作用了，我眼皮耷拉下来，两只脚似乎有千斤重，身体成了一种若有若无的负担。只有我的心在那里跳动，我屏住呼吸，看着护士抱着她放到秤上，我有气无力地低唤道："当心……当心孩子别冻了。"只听见医生说"是个小囡囡，六斤半。"

晚上，一阵剧痛把我唤醒，丈夫的脸是喜悦的，这让我多少有些欣慰。我看到睡在我身边的小婴儿，粉粉的小脸，一点皱纹也没有，头发黄黄的，湿湿的，眼睛微闭，是在做美梦吧。

肚子又是一阵翻江倒海的巨痛，痛啊，好痛啊，开始我还咬着被角不叫出声来，但后来还是叫起来。我看着小丫头的脸，觉得只要她在我身边，我什么痛都可以忍。可是那痛是越来越频繁了，痛得我汗珠和着泪水流了下来，我要吗啡，或者安乐死也行。丈夫焦急地跑去要止痛针，医生说再等两个小时吧。这漫长的两个小时，我心里想着痛过这一次，就知道结婚的好处了，下辈子再也不做女人。两个小时后，医生进来给我打了一针，顿时觉得不痛了，便昏昏沉沉地睡去了。

第二天下午，医生把导尿管拔了，让我自己下床。从床上下来到卫生间不过五米，我走了一个多小时，挪一步，歇一步，每一步都是在地上蹭，钻心的疼痛让我泪流满面。终于坐到厕所上，肚子突然痉挛起来，血涌了出来，人却觉得舒服些了。好不容易爬到床上，我又看到女儿，无上的快乐让我忘记了刚才的痛，我想就叫她烨烨吧，她就是我生命中的钻石，光华眩目！

小小的女儿如今已经半岁了，越发招人怜爱。看着她翻身，用手敲打自己的肚皮，吸吮手指头，长出两颗小白牙，每一天都带给我那么多惊喜和快乐。生活还在继续，似乎渐渐冲淡了我的怨恨。可是当女儿睡着的时候，我望着她长长的挂着泪珠的睫毛，想着女人的一生多半是在一种梦想与现实、苦涩与甜蜜交织的感慨中度过的！

我爱我的女儿，她让我体会到为人母的幸福与不易；我也常常眷恋单身生活，那曾经自由放飞的心境与梦想。当我看到我的女儿攒在怀里依偎着睡觉，所有的一切已无法选择……

生命的奇迹

◎子　鱼

她是拼上命也要做母亲的。

她的命原本就是捡来的。4 年前，25 岁，本该生如夏花的璀璨年华，别的姑娘都谈婚论嫁了，而她，却面容发黄，身体枯瘦，像一株入冬后寒风吹萎了的秋菊。起初不在意，后来，肚子竟一天天鼓起来，上医院才知道是肝出了严重的问题。

医生说，如果不接受肝移植，只能再活一个月。所幸，她的运气好，很快便有了合适的供体，手术也很成功——她的命保住了。她是个女人，渡过险滩，生命的小船还得沿着原来的航向继续。两年前，她结婚，嫁为人妻。一年前，当她再次来医院进行手术后的常规例行检查时，医生发现，她已经怀孕 3 个月了。

孕育生命，是一个女人对自己生命极限的一次挑战，更何况是她，一旦出现肝功能衰竭，死神将再次与她牵手。这一切，她当然懂得，但是，她真的想做母亲。需要付出什么代价，她都舍得，她要的，只是这个结果。

2004 年 3 月 18 日，医生发现胎儿胎动明显减少，而她又患有胆汁淤积综合症，可能导致胎儿猝死，医院当机立断给她做了剖腹产手术。是男孩，小猫一样脆弱的生命，体重仅 2 公斤，身长 42 厘米。虽然没有明显的畸形，但因为没有自主呼吸，随时可能出现脑损伤及肺出血，只好借助呼吸机来维持生命。

而这一切，她都不知情，因为她自己能否安全度过产后危险期，都还是个未知数。她要看孩子，丈夫和医生谎称，孩子早产，需要放在特护病房里监护。

自己不能去看孩子，她就天天催着丈夫替她去看。等丈夫回来了，她便不停地问，儿子长得什么样，到底像谁？他现在好不好？有一天，她说做梦梦见了儿子，但是，儿子不理她。7 天过去了，她一天天好起来，天天嚷着去看儿子。但孩子仍然危在旦夕，情况没有一丝好转。怎么办呢？医生和丈夫都束手无策。只是，再不让她去看孩子，已经说不过去了。但愿，她是坚强的。

第八天，她来到了特护病房。看到氧气舱里，皱皱的，皮肤青紫的儿子浑身插满了管子，她无声地落泪了。病房里鸦雀无声，所有人都不知道该怎样安慰这个心碎的母亲，甚至不知道该怎样向她解释这一切。

她打开舱门，把手伸进去抚摸着儿子小小的身躯和他手可盈握的小脚丫。一下一下，她小心翼翼地，像在抚摸一件爱不释手的稀世珍宝。那一刻，空气也仿佛凝固了。

突然间，奇迹出现了，出生后一直昏迷的小婴儿，竟然在母亲温柔的抚触下第一次睁开了眼睛。医护人员欢呼雀跃着，那个 7 天来一边为儿子揪心，一边又只能在妻子面前强颜欢笑的男人，此时此刻，泣不成声。而她，痴痴地、久久地与儿子的目光对视着。

第九天，小婴儿脱离了呼吸机，生命体征开始恢复。

第十一天，小婴儿从开始每次只能喝 2 毫升的奶，发展到可以喝下 70 毫升牛奶。而且他的皮肤开始呈现正常婴儿一样的粉红色，自己会伸懒腰、打哈欠，四肢活动自如，哭声洪亮。

第十二天，她抱着她的儿子——她用命换来的儿子，她用爱唤醒的儿子，平安出院。当天各大报纸有消息说，全国首例肝移植后怀孕并生产的妈妈今日出院。她的名字叫罗吉伟，云南盐津人。每天都有类似的新闻，不过是报纸上的一角，仿佛与我们的生活无关。但是，又有谁了解，这背后，一个母亲所创造的奇迹。

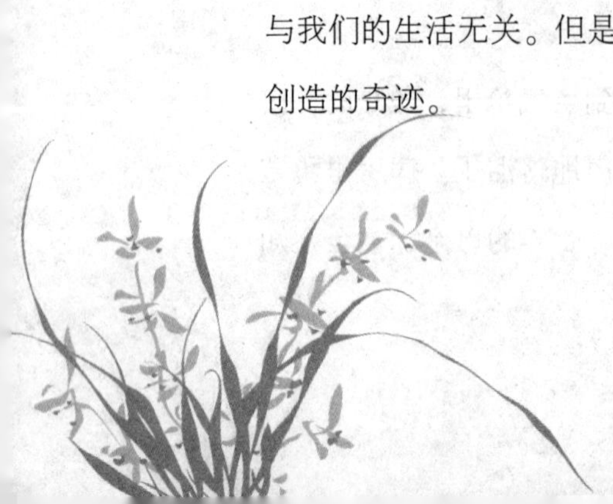

庸俗的母体

◎ 刘又文

我常想，如果上天想让一个人再庸俗一些，最好的方法就是让她成为母亲。

当胎盘从身上剥离的那一刻起，原本充满弹性的紧致身体，便进入了松弛流散的历程；从强烈的自我存在意识，模糊成一种“客体化”的生命体。也因此，有很长的一段时间，我把自己当做一只巨大的奶瓶，喂养着每两个小时就要吸吮一次的孩子，日日夜夜烦恼着的，都是奶量是否充足的问题。为了完成这样的任务，我一再解下束衣的捆绑，以避免阻断母体的呼吸与乳汁的流畅。渐渐地，除了孩子，我也多了一个收不拢的肚子。

为了可以站得更稳，身为母亲的我，得卸下珍爱的高跟鞋，因为怀抱日益沉重的孩子需要高度抓地力；为了让倚靠充满柔软感，身为母亲的我，身体长出了厚度，手臂的圆周一再扩大外放，稳健得像一座可移动的人体沙发。

一个被用尽了的母体，一个不再秀色可餐的女体。

就连灵魂，也走向脆弱与敏感，当年对生命的颐指气使，如今谦卑地乞求上天给予足够年岁，只求能静静陪着孩子成年。

成为母亲，就如同走入了一个不为人知的秘境。只是这秘境在旁人看来，庸俗得可以。有时，就连自己的孩子也可能会瞧不起，一如我曾不屑与之并肩行走，生了五个孩子以至于让我在同侪中被耻笑的我的母亲。直到后来，我才明白，那大脚粗手与庞大摇摆的身躯，是因为肩负了我的重量，成就了我的轻盈。

而如今，我终于也拥有了一副庸俗的母体，用这份庸俗，我却看到了从未见过的生命底层的渺小与恐惧，以及无可言喻的爱意。

疼痛指数

◎ 优　游

你测试过疼痛指数吗？一个朋友问我。

什么指数？我只听说过道琼斯、纳斯达克、标准普尔，牵引贪婪或恐惧的魂灵。

不，不是。身为女人，疼痛仿佛是一种宿命，无处脱遁，亚当们眼中无足轻重的小事，一次次把女子们磨损得鲜血淋漓。

朋友曾统计如下：膝盖摔伤——30；初潮——40；向暗恋的男生示爱，收到一封奚落的回信——60；数学不好，偏被老师叫到黑板前演算——40；穿学生装买化妆品，遭遇势利眼的BA（销售）——40；与男朋友（或老公）吵架，流泪到天明——80；在均价过万元的楼市中徘徊——60；坐公交车采访开宝马的女人——50……

既有疼痛指数，也有耐疼指数。我所见过的女超人，指数巨高。那个去哥伦比亚大学读传媒的，抛得下60岁的双亲；那个立志做舞蹈家的，品尝完美食的第一件事，是把手伸进喉管，吐个稀里哗啦；那个建立起服装帝国的，在寒冷的火车站露宿过整晚……不是不疼，只是为了辉煌的光束，把后槽牙咬得紧紧的，战胜柔弱的天性。

我不行，我的耐疼指数，似乎偏低，因为总是轻而易举地抵达痛阈，爱人轻轻碰蹭一下，我哇哇乱叫，数落他没完没了；妈妈的一句重话，能郁郁好久，想自己怎么会来这个星球；与彪悍的售票员对仗过后，立刻痛恨起整个城市。可人世不比外太空，总有棱棱角角磕磕绊绊杀人的真菌。

所以，去不了撒哈拉探不了罗布泊离战火远远的做不了闾丘露薇成不了大人物。我的耐疼指数，估计只有20。可有一天，与疼痛狭路相逢。更没想到的是，竟是主动选择了它。

先是钝钝的刀子在切割七层肌肉；持续6小时的半昏迷；腹部上的沙袋在渗血；穿白衣服的女人每隔1小时鱼贯而入；她们的手一按一按，仿佛凌迟。邻床的女子在惨叫，跟护士说，能不能给我注射杜冷丁？疼，真疼！

又冲妈妈说道，你女儿真勇敢，这么半天，没喊一声疼。

如果说烧伤的疼痛是100，生孩子至少有90。朋友说。

可我不疼，一点儿也不，虽然也流下泪来，但那是至甜美至喜悦的泪水，心头说的都是感谢，浮华云烟，终有一叶可栖身。因为这一天，我做了妈妈。

给你的爱一直很安静

◎ 喻 虹

也许你会说，我不够爱你，但是我相信，终有一天你会明白，我很爱你，只是我给你的爱，一直那么安静，那么不张扬。

——题记

有一天你突然对我说，你们班那个漂亮的女同学今天更漂亮了。我问为什么，你说，因为她戴上了好看的假发，波浪式的，粉黄的那种。

我知道了，你说的“那种”假发，就是你上次在精品店看了好久的那种。当时，你踮着脚尖透过玻璃橱柜看着那一对假发，小心翼翼地用你的小手攥着我的大手，我读懂了从你手心里传递过来的那种渴望，是一个小女孩对所谓美丽的一种理解。但是我毫不犹豫地牵着你的手离去，我没有让你这种渴望蔓延成请求的话语。尽管，你的依恋和不舍都被我尽收眼底。

你用很委婉很委婉的话语问：“妈妈，你觉得我戴那种假发会怎样？是不是比现在要漂亮些？”

我不能不承认你的聪明，你从来都是这样婉转地表达你的要求，从来不强硬地向我要什么。但是，我不得不拒绝你。我说：“哦，是假发呀！我觉得不怎么样，我的小婉婉现在这个样儿是最可爱的，你不知道吗？你根本不用戴假发的，你自己的头发已经很漂亮了。”

我看见你的眼神迅速暗淡下去。也许你已经在心里埋怨我了：妈妈就是这样的，一点也不解风情。也许，你还在心里暗暗发誓：哼！现在不给我买，长大了我挣钱自己买总可以吧！因为我看见你的眸子又变得水灵灵的了，你一定在为你的这个伟大的计划而兴奋不已。

是的，你对于美丽的理解，与我们的不甚相同。孩子，我不能强求你用与我一样的目光来看这个世界，所以，我不能告诉你，我对于那种假冒的美，是那样反感。但是我相信，你还是会承认的，一切真实自然的美丽。

我还记得那一天，你从学校回来，很高兴地告诉我：“妈妈，我数学考了第一名，给我一点奖励吧！”我说好呀，我是真的为你高兴。你说，你想要那种散发着苹果清香的橡皮擦，是你所喜爱的胖小熊的样子。开学时你曾经想买，我没有同

意。我给你准备的是那种普通的方橡皮擦。你说过的，妈妈真小气，方橡皮擦比小熊橡皮擦便宜五毛钱。我笑笑，其实我不是像你所说的那么小气，我只是记得自己从一本教育期刊上看过，给孩子准备的学具要简单些，以免让孩子上课时分心。不过，这一次，妈妈决定抛开那些教育理念满足你，也许有时候，一点小小的满足会让你进步更大。

但是第二天我碰见你的数学老师，她不无遗憾地对我说，你的同桌向她举报，你在数学考试中抄袭了她几个计算题。我铁青着脸回到家，你还在乐滋滋地等待我的奖励。我说，想想看，这次考试，真的应该是你得第一吗？你的小脸“刷”地一下变得通红。过了好久好久，你抬起头对我说：“妈妈，对不起。我的同桌比我先完成计算题，我想第一个交试卷，所以就偷看了她几个答案……”从你真诚的话语中，我听见了你的羞愧和自责，你所不知道的是，在你没有承认错误之前，妈妈内心深处的自责和不安，是如何紧紧互相撕扯和纠缠！

你所期待的奖励又成为五彩的气泡，在空中漂漂亮亮地飘荡了几下，终于消散不见。但是孩子，我相信有一个方橡皮擦，足以帮你纠正人生中所有过错。

你会在冬至的某个清晨，擦擦冻僵的小手对我说：“妈妈，我能不能戴手套去扫清洁区？外面的天气很冷的。”我笑着摇摇头，告诉你不怕冷的孩子才是勇敢的孩子。我想，更深一层的道理，你以后自然会慢慢理解：不能经受风霜的树苗，

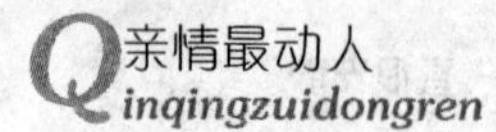

永远也长不成参天大树。

你那么热恋少儿频道的动画片，你喜欢用崇拜的目光去欣赏小鹿姐姐、红果果和绿泡泡，梦想有朝一日你能和他们一样站在演播室，主持自己喜欢的节目。但妈妈总是“不合时宜”地把你从电视机前叫开，提醒你除了看电视，你还有许多的作业要完成。

你总是穿最普通的衣服，留最随意的发型，用最简单的学具。我知道你心里那一个个小小的愿望，但是它们总是那么难于实现，你得付出许多许多的努力。孩子，也许你会说，我不够爱你，但是我相信，终有一天你会明白，我很爱你，只是我给你的爱，一直那么安静，那么地，不张扬，就像一朵盛开在最安静的夜晚的夜来香，绽放的，其实却是人世间最沁人心脾的芬芳。

谢谢你说你恨我

◎ 乔 叶

儿子 7 岁生日那天，我们送给他一辆天蓝色的自行车。这是他一直嚷嚷要的，买的当天他就骑着车满街跑。这车后轮上还带着两个防摔的小轮，我告诉他这不是严格意义上的自行车，而是三轮车。要骑真正的自行车，就得把那两个小轮卸掉。

两个小轮卸掉之后，儿子不敢骑了。他顾了脚下顾不了车把，顾了车把顾不了脚下。精神紧张，手忙脚乱。我在后面扶了他两遭，一丢手他就撞墙而去。

胡同里不时走过相熟的街坊。一见面就打招呼："孩子学车呢？""还没学会呢？"

十几天过去，我也觉得讪讪的，越教越不耐烦："往前蹬，车歪了注意把车把，只顾用脚支地，你怎么能学会？就是摔一下又怎么了？""人家那么小的孩子都学会骑车了，你难道还不如他们？”

儿子理亏，只是不语。我隐隐看见他眼角有泪光，只装做没看见。这么小的事情就对他心软，以后碰到原则大事又怎么会有章法？为人父母者，该狠的时候必须狠。

晚上睡觉，我躺到床上想和他聊聊。——为人父母者，该聊的时候也必须聊。可他背过身，不和我说话。

“生妈妈气了？”沉默。

“为什么生妈妈气？”依旧沉默。

我也沉默。看谁犟得过谁！

“妈妈，”许久，他终于开口，“我想问你个问题：什么是自尊心？”“就是自己尊重自己的那种心情。”

“只是自己尊重自己，不要别人尊重？”“当然要。”

“那么，什么是委屈？”“就是觉得某件事情不是自己的错，却又不敢说。”我胡乱解释。这个孩子较什么真啊。

“什么是伤自尊心？”轮到我沉默。

“什么是受委屈？”我继续沉默。呵，他是觉得我伤他自尊了，觉得受委屈了，这么绕着弯，让我反思哪。那我就反思反思吧。

“是妈妈不对，不该当着那么多人说你，让你没面子。”我终于说。他的泪掉下来。

“恨妈妈吗？”“有点儿。”这家伙，他居然承认他恨我。

“就为今天这事恨妈妈？”“还有别的，好多次。”

“什么事？”“有一次，你进家就说：胖胖，你又在床上吃东西了？我整理的拖鞋那么整齐你都没有表扬。还有一次，王阿姨走的时候我没有说再见，你半天都不理我……”他桩桩件件讲着，边说边掉泪，苦大仇深状。

“你就为这些小事恨妈妈？”“是。”

我不由悲从中来。就为这些事就记恨我，这孩子还敢教育吗？我教育的孩子算是什么呀？恨，恨，他这么小就会恨了，而且恨的还是自己的妈妈。

“胖胖，你要是恨妈妈，妈妈离开你好吗？”“不。”他抱紧我，“我也爱妈妈。”

心又软了。“你知道什么是恨吗？”他抬起眼：“就是有意见。”

我哑然失笑。恨就是有意见。原来他是这么理解的。他只是对我有意见。他不恨我！我的孩子他还不知道什么是恨。这太好了。

然而心又沉重起来。是的，现在的他不知道，但未必将来的他不知道。有多少孩子早早地就知道了恨啊。他们知道的恨大于了知道的爱，所以才会让人生一片黑暗。

孩子，谢谢你说你恨我，在你还不知道什么是恨的时候。我将用最大的耐心和最柔软的热情，把你小小的不满掐断，不让它们成长为恨。我将尽我所能改正自己的缺点，让你从大人身上，学习更多的宽厚和爱……

三毛的妈妈写给女儿的一封信

三毛，我亲爱的女儿：

自你决定去撒哈拉大漠后，我们的心就没有一天安静过，怕你吃苦，怕你寂寞，更担心你难以适应沙漠的日常生活。但每次接你来信好像都在天堂，心情愉快，对生活充满信心。物质上的缺乏，气候的骤变，并没有影响你的情绪。我想可能是沙漠美丽的景色深深地迷惑了你，夕阳中的蜃楼，一望无垠的黄沙，一向是你所神往，一旦投入其中，谁能体会？谁能领略？

所以，这次你去撒哈拉，我和你父亲都没有阻止。明知道这是何等崎岖艰苦的道路，但是为了你的志趣和新生活的尝试，我们忍住了眼泪，答应下来。孩子，你可知道父母的心里是如何的矛盾，如何的心酸！这一时期，我差不多常常跑邮局，恨不得把你喜爱的食物或点缀布置的小玩意儿，统统寄上，借着那些小小的礼物中，也寄上我们无限的爱和想念。有一天，你告诉我们，已拥有了梦中的白马王子，我们万分喜悦接纳了我们淳厚的半子——荷西。你孤单的生活将告一段落，从此有人陪伴你，携手共度人生漫漫的岁月。重重的叮咛，深深的祝福，难表父母的心声。我的女儿，愿你幸福快乐，直到永永远远。

在你完全适应荒凉单调的沙漠婚姻生活后，你很想动动久已搁起的笔杆，希望哪一位副刊的主编先生能慧眼识英雄（小猫也），提拔一下，让你乐一乐，以后才有信心再写。我每晚祈祷，求神拭一拭那位主编的眼睛，能使他看中我们三毛的文章，真的，那天早晨在联副上看到你第一篇文章《中国饭店》（《沙漠中的饭店》），我把家中所有的人都叫起来，争阅你的故事，大家都非常高兴。家中没有香槟，只好买豆浆代替庆祝，心中十分感激那位主编先生。（后来才知道是平鑫涛先生，大概是受了上帝的催眠。）从此你打开了写作之门，一篇比一篇精彩，一篇比一篇生动。你把我们每一个读者都引进了你的生活，你的故事好像就发生在我们身边左右，有笑也有泪。自读完了你的《白手成家》后，我泪流满面，心如绞痛，孩子，你从来都没有告诉父母，你所受的苦难和物质上的缺乏，体力上的透支，影响你的健康，你时时都在病中。你把这个僻远荒凉、简陋的小屋，布置成你们的王国（都是废物利用），我十分相信，你确有此能耐。那时，许多爱护你的前辈，关怀你的友好，最可爱的是一些年轻的热爱你的读者朋友们，电话、信件纷纷而来，使人十分感动。在《白手成家》刊出后，进入最高潮，任何地方都能听到谈论三毛何许人也。我们以你为荣，也分享了你的快乐，这是你给父母一生中最大的安慰（是你牺牲多少夜晚及日常生活中的辛酸换取的代价）。虽然你在写作上刚刚起步，但在给我们父母的感受上却是永恒。

我的女儿，在逝去的岁月中，虽有太多的坎坷，但我们已用尽爱的金线，一针一针经纬地织补起来，希望父母的巧手神工能织得像当初上帝赐给你的一样，天衣无缝，重度你快乐健康的人生。孩子，请接受父母的祝福和祈祷，愿主赐恩。

你车祸的消息，一直等你出院后，你姐姐才告诉我们（瞒得好紧）。当时我脑中一片茫然，整个世界仿佛都在旋转，泪含满眶，默默无语，心碎片片，千水万山，无法亲临照顾。孩子，你怕我们伤心难受，教姐姐慢慢再讲，这是你的孝心，但你可想到，我们知道了一样地神伤，担忧焦急，一直到收到你的录音带与照片后，仍未能释然。看到你消瘦无力的样子，更耿耿于怀；每次午夜梦回，你可曾听到母亲依依的呼唤？天涯海角，不论离我们有多么遥远，我们的心灵总是彼此相通。尤其是你父亲，是你一生中最大的凭依。前一阵他患眼疾，视力衰退，你每信都殷殷问候，思亲之情，隐于字间，读后常使我们潸然泪下，思念更深。最近虽然你没有提及任何不妥，但在家信中常感觉到你又在病中。

撒哈拉的一段生活，使你亏损太多，等荷西找到了新的工作，安顿好家，快快地回来吧，让我们好好地看看久别的女儿，是否依旧神采飘逸。

夜已很深，春天的夜晚仍有寒意，请为父母多披上一件外衣，珍重复珍重。千言万言，难诉尽母亲的心语。我的女儿，愿你快乐健康！顺祝平安。

母　亲

一九七六年四月一日午夜

谁把耳朵给了我

◎ 乔黎明

清晨，第一缕阳光射进病房，在玛丽脸上蒙上了一层圣洁的光辉。她慢慢睁开眼睛，看到丈夫温柔的眼神。带着初为人母的虚弱和喜悦，问："咱们的孩子呢？"

丈夫把孩子抱过来。玛丽挣扎着爬起来，万分小心地接过小婴儿，让他平稳地躺在臂弯里。

小家伙被裹得严严实实的，只露出一张皱巴巴的小脸，眯缝着的小眼睛、粉嘟嘟的小鼻子，宛如天使。玛丽慢慢把裹着婴儿的包裹解开，想把亲爱的宝贝看个仔细。很快，一个小小的脑袋完全展现出来了。她爱怜地抚摩这孩子的胎发，亲吻着孩子的脸蛋。病房里洋溢着幸福的味道。只是，玛丽的丈夫悄悄地背过了脸去。

忽然，玛丽尖叫一声，轻抚的手僵在半空中——她的孩子没有耳朵！

岁月流逝，转眼孩子已经到了上学的年龄。孩子的听力完全不受影响，甚至还非常出色，只是他的容貌自出生就毁了。一天，他从学校回到家里，一头扑进母亲的怀里，满腹委屈地哭诉："同学们叫我……畸形人！"

玛丽长长地叹息，可怜的孩子以后的生活就沉浸在永无休止的打击和失望之中。

慢慢地孩子长大了，上了中学。他很聪明，在文学和音乐上显示出非凡的天赋，其他才能也开始显山露水。如果不是看起来有点恐怖的外形，他的生活应该非常精彩。可是现在，他没有朋友，同学也因为惧怕而疏远他，他生活在孤寂忧郁之中。

男孩 16 岁那年，他的父母亲和家庭医生开了一个会。

"难道真的一点办法也没有了？"父亲问。

"办法还是有的。只要找到一双合适的耳朵，我就可以将其嫁接到孩子头上。"医生非常肯定地回答道。

于是，一场大搜索开始了，寻找一个志愿为命运如此悲惨的年轻人捐献耳朵的志愿者。可是没有人愿意把自己的耳朵捐出来。

一晃两年过去了。母亲的短发留到肩膀的时候，终于找到了愿意捐献耳朵的人。

父亲告诉儿子："现在你终于可以进行手术了。我们找到了一个愿意捐献耳朵的人。但是，这个人要求身份保密！"

手术取得了空前的成功，男孩看起来是那么英俊，仿佛他从来就没缺失过耳朵。

男孩的人生路上再也没有绊脚石。他的才能宛如鲜花怒放般得到释放；他进了一家非常有名的公司；他有了心爱的女友；婚后不久，他甚至成了一名外交官。

显然事业家庭都非常成功，但是有一个问题始终缠绕在他的心头。

“您一定要告诉我，”他问父亲，“到底是谁把自己的耳朵给了我？我想我现在有责任也有能力去报答！”

“但是我不认为你有这个能力去报答，”父亲说，“我们当初的协议中规定你不能知道是谁，至少现在不能。”父亲的守口如瓶使这个秘密一直保持了许多年。

母亲逝世了。

他和父亲站在母亲的棺木前。缓慢地，温柔地，父亲展开双手，拢起了母亲鬓角浓密的棕红头发。随着头发的逐渐上移，显露在孩子面前的竟然是：母亲没有耳朵！原来是母亲将自己的耳朵给了他！

他弯下腰，贴着母亲的面颊，嚎啕大哭：“为什么不早告诉我？”

“怕你产生心理负担。你母亲说她很庆幸自己能有一头浓密的头发，”父亲低沉地叹息，“但没人会认为你母亲因此而减少了一丝一毫的美丽，不是吗？”

母爱也期待回报

◎ 安 宁

亲爱的孩子，今天你跟我告别，说为了给男友庆祝生日，你要提前赶回学校，给他挑选合适的礼物。我只不过回了一句，你怎么从来不记得给妈妈买生日礼物呢，你便生了气，说，为什么别人的妈妈，都从来没主动向孩子索取过礼物呢？他们疼自己孩子还来不及呢，哪像你一样，时时抱怨？况且，爱情怎能拿来与亲情相比呢？

孩子，你或许现在还无法明白，一个母亲，如果不是心里真的有委屈在，是不会抱怨给孩子听的，她宁肯独自一人默默承受，也不愿给孩子的笑容里，添上她自己品过的忧愁。或许妈妈真的像你说的那样，不如别人那么高尚无私，这样的词汇，我也无力承担。上天给了我母亲的称号，并不是要求我每时每刻都要勇敢、坚强、伟大、奉献、无怨无悔。它还给了我每一个女人都有的脆弱、敏感、虚荣甚至自私。所以你也无权要求妈妈，无限制地为你付出，却没有你应该给予的回报。

每一个假期，你都是匆忙地来去，爱情，几乎成了你生活的全部内容，你对男友说过的每一句话，都要拿出来咀嚼几次，而后无端地自寻烦恼。你这样的敏感，怎么却忘了，你无意中说出的话，也同样让我心烦意乱？你可以逃课去看男友，陪他逛街，聊天，轧马路，你却从没有想过，短而又短的假期，你的母亲，同样需要你的陪伴，你除了上网，与男友煲电话粥，走亲访友，又真正有多少时间，是分给母亲的？你向我抱怨，说每月的手机费要200元，我也极想对你抱怨，这其中，你有几元钱，是花在母亲的身上呢？你订了幽默短信，逗男友开心，但你却从没有想过，给时刻想念你的母亲，也发送一条，让她在无尽的担忧里，能够稍稍地得到宽慰。

其实你小的时候就已是个自私的孩子。你让母亲早起为你做饭，饭菜不合口味便拒绝去吃；放学后你让母亲去接，却常常不说一声，便与别的同学，跑去玩到天昏地暗，让妈妈在黑暗里，大街小巷里哭喊着找你；临睡前一杯热气腾腾的牛奶，你在喝着的时候，不知道想着妈妈的好，却会因为我偶尔的一次忘记了，就生气不肯离我。你考试之前从来都是没心没肺地丢给我一句，说，这次怕是考不好，不要我对你抱太大的希望。可是孩子，你一味地要求母亲对你负责，那么，你考出优秀的成绩，是不是你应该给予我的回报？你告诉男友，爱情需要彼此付出，亦需要彼此回报，那么，一辈子都无法割舍的亲情，难道不同样需要我们用心地呵护？

并不是妈妈嫉妒你对男友的痴狂和迷恋。毕竟，爱情亦是一种感情的体验和滋养。妈妈只是希望你能在对爱情的回报里，想起母亲曾经为你付出的22年的汗水和辛劳，想起你肯拿一生来回报男友给你的一年的爱情，那么，是否应该拿一年的关爱，给予永不会停止爱你的母亲？这样的索取，比起妈妈的付出，比例严重地失衡，但我仍然知足。即便你在母亲生日的时候，什么也不买，只是遥遥地打个电话，让我听到你的祝福；即便你在假期的时候游山玩水，却记得途中给母亲报声平安，让我不至于因为担心，而半夜失眠；即使你对待学习漫不经心，但在讨要补考费的时候，却知道对母亲说声抱歉；即便你打工挣到的钱，都给男友买了名牌的衣服，却记得发一个短信，告诉母亲，原来每挣一分钱，都是如此地辛苦。

这样的回报，我想许多的母亲，都会需要。而敏感的我，只不过比她们记得清晰。我知道让一个孩子，记住母亲的每一点好，且知道一一地回报，是太过苛刻。只有当你自己也有了孩子，且要为他一次次的冷漠和无礼，而流与汗水一样多的眼泪时，你才会真正的明白，母亲所要求的回报，其实是多么微不足道，而你，却为这样卑微的索取，而觉得自己的母亲,没有书中所写的那样无私和伟大，那么，亲爱的孩子，真正自私的那个人，又究竟是谁呢？

孩子，你什么时候才能长大

佚 名

有时候，我常常想我为什么这么爱他，常常想他到底要什么时候才能懂事，才能长大。他看起来，总是个不听话的、顽皮的又不懂事的孩子。记忆里那些关于他的片断，隐约地会让我的心有些许遗憾和伤感。很多时候，我觉得，他真是让我伤心。

午夜，他忽然醒来，大声地哭。他是个极难照顾的小孩。为了他，有大半年的时间我经受着熬夜的艰辛，并为此得了严重的失眠症，每天晚上好不容易睡下，又忽然醒来，似乎听到他在哭。每次慌忙探过身去看，他却正在睡梦中，没心没肺地露着甜蜜的笑颜。我和他，真是没有道理可讲。

那年他 1 岁多，学会了走路，也学会了说话，只会说一个字，要。

又过了几年。桌上放着两个苹果，他看看苹果看看我，伸手拿一个大的，一口咬下去，小小的脸上露出得意的笑容。

那年，他 4 岁半，读幼儿园中班。在我眼中，他是个有些自私的小孩。

他放学回来，把脏的鞋子和衣服脱下来扔在地上，不管我在做什么，说，妈，脏了，快给我洗，明天还要穿，不穿别的。然后打开冰箱拿洗好的水果吃。我也知道他倔，不想总是为这件事与他吵，所以就顺着他，给他洗衣服刷鞋子，30 多岁，我就有了一双粗糙的手。

那个周末，他说要吃红烧肉，做了，坚持说味道不对，坚决不吃，并说再给我重做。我说你知道再出去买肉然后做完要多长时间吗？妈妈累了，今天不想出去了。那天我腰疼，不想做任何事。

那我今天就不吃饭。他说，我也不学习了，饿死我算了。

我差点被他气哭，天下哪有这样的孩子，以挨饿要挟母亲爱他。我自然不给他重做，他也真的一口不吃。一直坚持到晚上，我再也忍不住，出去买肉重新做。他终于满意，风卷残云地吃了两大碗米饭，没心没肺地说，妈，这还差不多。而我捶着疼痛的腰，心里却有淡淡的伤感。一直听说许多孩子从小就懂得体贴母亲，为什么他就从来不知道呢？这样无礼，这样任性。

那年，他 14 岁，读完初中三年级。在我眼中，他是个有

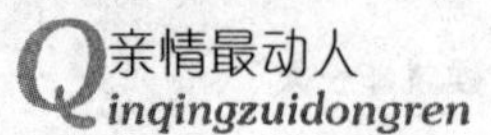

些自私的少年。

他上完晚自习回来，跟我说，妈，我想要双耐克鞋。我想了想：太贵了，妈买不起。家里经济条件并不是太好，我半年前下岗，刚刚在超市找了份做糕点的工作。老公的工作虽然稳定，但辛苦，要常常出差。虽然一家生活不成问题，但一双上千元的鞋子，也足够我们一家三口两个月的生活费，我不能纵容他。

他看着我，用他习惯的固执的眼神，说不给我买，我就不上学了。那天我终于气不过，抬手打了他。那是我第一次打他，我有一个母亲“恨铁不成钢”的愤怒和抱憾。他比我还高，一巴掌打在他脸上，手掌竟然火辣辣地疼。他捂着脸看着我：我就要那双鞋。

我到底没有拗过他，我不能真的打死他。那双鞋，最后还是买了。花掉我整整两个月的收入。看着他拿过鞋时的兴奋，我想，他是爱不大的。这么多年的爱，不能让他成长。可他是我的孩子。我再抱怨，也要照看着他的成长。

那年，他 17 岁，读高二。在我眼里，他依旧是个有些自私的少年。

因为他的自私，很多时候我想，把他养大让他走自己的路吧。他也有他的优点，他爱学习，成绩一直很好，没用我怎样督促就考上了本市最好的大学。一个孩子，他总是有他的小私心，或者他天生是个不懂得爱的孩子。我拿他没有办法。

身体在忽然间出了问题，一早醒来后，背脊感觉疼痛，弯不下来。去医院检查医生说，要卧床休息一段时间，即使好了，也不能再有一点劳累。心里忽然觉得无助，不知道以后家里家外的事都该怎么办。而他正在读大一，依旧是个任性不懂事的孩子。渴了，饿了，只会大声地喊妈，像个小无赖一样赖着我。常常跟我嬉皮笑脸地开玩笑，亦开始会挑剔，说，妈，你把头发留长一些，长了好看。会说，妈，别穿黑颜色，显得老气。还说，妈，你应该多出去走走……

一天下午，他没有课，早早回来。我躺在床上对他说，爸爸经常不在家，妈妈身体这样……他忽然打断我，说，怕什么，妈，不是还有我吗？一脸的不在乎。

周末，是他陪我去的医院。因为他同学的爸爸在那家医院当医生。他说，妈，跟你说个小秘密，他女儿正在追我呢。我说不许骗人家女孩子。他皎洁地笑。这种皎洁，好像他成长的符号，这么多年，在他唇边挥之不去。

从医院回来，他便收拾起家来，像我一直做的那样。他挽起袖子戴上手套，先扫地，然后拖地，擦桌子擦家具。然后他进来收拾我们的卧室，角角落落都细致地打扫了，还一边吹着口哨。

他很高，有点瘦，做那些事，身体要很大幅度地弯下腰来。他弯下腰的样子，让我觉得陌生。他再走出去，我听到外面细细碎碎的声音，忽然听到什么被打碎了。我喊他，他说，

杯子坏了，被拖把碰掉了。没事，我打扫过了。

我没话说，他这么做让我疑心我在病里出现了幻觉。而幻觉却在继续，他说，妈你想吃什么？今天我来做，鸡蛋面好不好？我正跟一个女孩子学做红烧肉呢，学会了做给咱俩吃。说着伸手抚我额前几丝碎发，神情，竟然很像我的父兄，像个大男人。

我看着他，坐在我床边的这个男孩，他的脸，我已经整整看了 20 年，只在这一刹那，这张脸让我觉得陌生起来。一种让我感动的陌生。

他是在我身边长高，却不肯长大的那个孩子吗？忽然不知如何冷不丁就想起那件事，问他，现在能不能告诉妈，那时候，为什么非要那双耐克鞋不可？

他一愣。忽然笑，你还记着呢。没啥，那时候喜欢一个女生，跟另一个男生争，想在她面前显摆。

不知道那时候家里没有钱啊？

我知道很为难你，可我想就算我借的，以后我会加倍还的。我一定会。妈，你放心吧，从现在起，我的学费生活费，我会自已来承担了。从现在起，你就可以安心养病，然后在家里安心享福了，等着你的儿子养活你吧。

别说好听的。我说，妈不是女孩子，不用骗的。

谁骗你！他拥住我的肩膀，我就是有点遗憾而已，我以为，还能再当上几年无赖的小孩呢。看样子不行了，谁让你这么快就老了呢？

我被他气得笑，为什么要当无赖的小孩，不早早地体贴妈妈？因为我是你的小孩啊，小孩不赖着妈妈还赖谁？我就是喜欢你疼我惯我纵容我，当我是个小赖皮，拿我没办法。我觉得这样的小孩很幸福。

他忽然翘起嘴唇打了个呼哨。眼神，带着一丝狡黠。

这个孩子，这么多年我只以为他不停地要，不肯付出，是他心性里的自私，却不知道原来是一个孩子在母亲那里索取的爱的内容。他一直要我爱他，依赖我的爱，用各种方式，可是他心里知道的，知道我对他的爱和付出。这些付出，20 年来，其实早已经在他心里生根发芽，结出了果实，在我没有力量继续付出的时候，我开始得到回报。

原来一个孩子，因为你爱他，他在应该长大的时候就会长大了。

有些电话一定得接

代淑蓉

下班以后，我约了同事一起去家里吃饭。因为堵车，我们走到楼下的时候，天色已经暗了下来。我和同事颇有兴致地聊着天上楼，在离家还有一层楼的时候，衣兜里的手机突然响了起来。“我妈在催我了！”我冲着同事笑笑，说完便接通了手机。

挂断电话，同事以一种不可思议的眼神望着我。“真是搞不懂你，马上就要到家了，干吗还要接电话，这不明摆着是在浪费电话费吗？”

对于同事的诧异，我十分淡然地报以一笑，因为他是局外人，根本就无法感知及时接听母亲电话的重要性。

一年多以前的一个傍晚，下班后，我在我家小区门口遇到了一个久未谋面的老友，因为多聊了几句，耽误了回家的时间。这时，母亲打来了电话，想想离到家也就一两分钟的功夫，我便按掉了。母亲接连打了几次，我都没有接听。恰巧在这时，离小区不远的地方发生了一起车祸。听到消息的母亲顿时急了，趿着一双拖鞋就飞快地往楼下跑。不知是哪个无德的人在楼道里扔了一块果皮，眼神不好的母亲不小心踩在了上面，重重地摔倒在地，顿时昏迷不醒。

那天晚上见到母亲的时候，她已躺在了医院的病床上，脚上打着石膏。听医生说，母亲摔坏了腿，神智也有些模糊。我流着眼泪，满眼后悔地望着病床上睡着的母亲，心里有一种难以言说的疼痛。一个被我忽略的电话，却成为了母亲为我担心的理由，正是因为她时刻把我放在心中最重要的位置，才遭受了病痛的折磨。

心里正默默地自责时，母亲翻了一下身，嘴里不停地念叨着我的名字。我伸出手，将母亲那双被琐屑的家务打磨得粗糙无比的手紧紧地握着。母亲微微地睁开眼睛，依稀地看到了我，一丝开心的笑容立刻在她的脸上绽放开来。“平安就好、平安就好……”母亲那含混不清的言语顿时刺中了我心中的最痛点，刹那间，我的眼泪如开闸的洪水夺眶而出，久久不肯干涸。

从那以后，无论我身在何时何地，哪怕只隔着几米距离，只要母亲打来电话，我都会以最快的速度接听。因为让父母将心放宽，不为自己担心，那是做儿女的责任，也是义务。

爱，从来不会多余

◎ 张亚凌

一个保鲜袋装十五只饺子，韭菜鸡蛋馅的在蓝塑料袋里，绿塑料袋里是茄子青椒馅的，羊肉馅装在白塑料袋里……来我家的同事打开冰箱后笑了：干吗要分得那么细？

我笑了，没作解释也无须解释：只有母亲，才会按自己孩子的喜好包几种馅儿，再根据孩子的饭量不厌其烦地分成小袋装好。

——爱，从来不会多余！

我几乎没机会穿款式新颖的羽绒服，每年冬天，母亲总不辞辛苦地从几百里外送来过冬的棉衣，薄的、厚的、贴身的、宽大的。母亲总唠叨，“十夹不顶一棉”，啥都不如棉花暖和。母亲的爱，让我赢得了“香菇”的美誉——肥胖臃肿没有风度缺少气质如同香菇。可因了母亲的呵护，我每年冬天都温温暖暖，极少感冒。

——是爱，就不会多余！

好友莲是一个极讲究的人，却发现她常常戴着不同式样的玻璃戒指、塑料项链，就是小女孩才戴的红红绿绿的那种。她的衣兜里总放些滑稽的小玩意儿——艳丽的塑料蝴蝶发卡、九连环小玩具等。

莲说，都是儿子送给她的礼物，一看见幼儿园的女孩子戴着漂亮，儿子就用自己的零花钱给她买回来。那蝴蝶发卡，她在出门前戴好，儿子看着极欢喜。可太花哨了，一出门就摘下来。莲还说，她从不拒绝孩子的礼物，不论多么幼稚可笑。

——爱，哪会多余呢？

朋友青萍家的阳台上隔一段就会晾些艾叶、茄子叶。朋友说，都是乡下的母亲送来的。冬天，朋友的手脚保护得再精心，总会留下冻疮。她的母亲坚信"偏方气死名医"，到处跑着找艾叶、茄子叶，晾好后，就乘车给她送来，让她在冬天把艾叶、茄子叶用水煮过后擦洗手脚。

办公桌对面的李老师慨叹道：我爷爷才过 80 岁的门槛，就老糊涂了，在饭桌上表现得像个霸道的小娃娃：他认为哪盘菜好，不管有没有客人，就挪到自己跟前，接下来就一个劲往他儿子碗里夹——我爸都 50 多岁了呀！他呀，颤颤抖抖，一路滴滴洒洒，到他儿子饭碗跟前就所剩无几了。就那，我爸得意得像个娃娃，"看，还是我爸爱我"，一脸幸福。

——爱，从来不会多余！

岁月有痕

梁 凌

女儿出生时，我没有给她盖红脚印，没有用摄像机摄下当时的细节，一直是我的遗憾。但是，女儿的胎毛，我却认认真真留了下来，用精致的红绒布盒装起来，放在保险柜里。

小时候，女儿爱问，妈妈，我从哪里来？我从不像别人那样，说是从地里捡来的。相反，总是郑重地告诉她："宝贝，你从妈妈肚子里来。"说完，给她看看剖腹产留在肚子上的伤疤，女儿用小手摸了又摸："妈妈，很痛吗？"我说："是的，很痛，但是，妈妈爱你，再痛也要见到宝宝。"女儿若有所思地看着我，把头埋在我怀里，亲了又亲。

所以，女儿总爱说："小时候，我在你肚子里的时候……"这成了她跟我亲昵的一种方式。

但是，在肚子里什么样子，却一直很抽象。今天中午，我开保险柜时，看到那个装胎毛的盒子，便拿来给她看："宝宝，你看，你在妈妈肚子里的时候，还长着黑黑的头发，好漂亮哟！"她飞快地跑过来，拿着盒子看了又看，边看边笑，那一撮胎毛，做了物证，成了亲情的纽带。

我常跟老公说："等她长大了，可以弄几根胎毛，送给她最爱的人，做信物。"

六岁时，女儿开始换乳牙。第一颗不知去向，怨我粗心。第二颗牙，我用牙膏洗了又洗，用白色的真丝手帕包起来，装进首饰盒，也锁进保险柜。

今天中午，我正做饭，女儿跑到厨房说："妈妈，看，我又掉了一颗牙！"我慌忙放下手里的菜，接过她那颗小小的牙，像捧了一件宝，洗干净，跟第二颗牙放在一起。我发现，以前，我还是疏忽了一件事——忘了写明日期。这次，我把牙做了编号，2号牙，3号牙，特意注明，3号牙掉于"2007年8月15日中午"。

我有个打算，等女儿长大了，我会把她的胎毛，她的牙，送给她保管，这些，将是我送给她的，最有意思的礼物吧。

等有一天，我不得不离开她，她也垂垂老矣，坐在炉火边打盹，摸着活络的牙齿，梳着满头的银丝，她是否，会拿出胎毛、乳牙，在沧桑中，寻觅岁月的痕迹？然后，翻出我这篇文字，深深淡淡地追忆一些往事，想起自己的母亲，感念亲恩？虽然是，物换星移，爱，却永恒。

母亲是一种岁月

◘ 卢盛宽

每次回到家里，总想解读母亲的深情厚意。她的每一次眼神与每一次问候，都会勾起我无限的思绪。

早在去年寒假临近期间，母亲便隔三差五的打电话来询问我的归期，等到我把日期准确告知以后，母亲才安下心来，并祝福我一路平安。这么平凡的事情，似乎不值得牺牲笔墨，可是一等我回到家后父亲告诉我，母亲在我回家的那天差点得了风寒。原来，母亲盼儿心切，每当听到有人从门口经过的脚步声就打开房门，出来看看，几次三番下来，母亲并未见到我的身影，可她不灰心，索性坐在家门口等待我的归来！那时已是寒冬天气，而那天又正巧下雨，冷风刺骨，寒气逼人，向来怕冷的母亲竟然无视环境的恶劣……听着父亲的讲述，我沉默了，并非无言，可一时，叫我说什么才好呢？我望了望正在厨房忙碌的母亲，突然感悟：母亲其实就是一种岁月。

是的，母亲是一种岁月。从幼苗长成参天大树的岁月，从江河向大海的岁月，从沙漠走向绿洲的岁月，也是从苦难走到幸福的岁月。在这些岁月里面，究竟包含着什么，包含了多少，我想，纵使最伟大的诗人也无法抒写出诗篇，最优美的音乐也难以表达得淋漓尽致。我只知道，随着岁月的流逝，我慢慢地由幼年长到了童年，再从童年长成了青年，也告别了花季、度过了雨季，现今的我正如日中天；我也知道，这种岁月值得我时时回味，值得我用一生来感激！

母亲是一种岁月。因为在人世间忍受最多苦难、咽下最多泪水、包容最多无知、体贴最多心灵的是母亲，是伟大的母亲。

岁月无情，而母亲有情。小的时候，当别家的小孩起早摸黑起来放牛的时候，母亲却叫我起来上学；长大后我成了壮小伙子，而别的伙伴都纷纷背起了行囊南下打工，母亲却嘱咐我好好学习考上大学。本该在毕业后好好孝敬父母，可母亲还是一如既往地支持我、鼓励我争取继续深造的机会。岁月的流逝总是无情的，它夺去了母亲的青春，还在母亲的额头刻下沧桑的印记。这是怎样的一种岁月啊，我把她解读成爱的象征！

母亲是一种岁月。因为岁月没有轮回，也不着边际，而母亲的爱正是这样的浩无涯际。母亲有时甘愿做一根甘蔗，任凭儿女吮吸着甘甜的蔗汁；母亲有时又是一座大山，用坚实的臂膀抚平儿女的创伤。母亲为了我的将来，曾两度搬迁：从农村搬到城郊，再从市郊搬到市中心，而唯一的理由是为了我读书方便。此时此刻，我不由得想起了“孟母三迁”的故事，也顿时明白，这种母爱其实更是一种拯救。它拯救孟轲于顽劣的孩童之时，将他引向知识与思想之路。它是人类的摇篮，也是引导人性至善至真的北斗。即使人性的堕落如高山滚石，母亲也会用她的身躯拦住，并用爱心去鼓舞他、激励他、并陪伴他远离深渊，重新攀登。

当然，这种浩无涯际的母爱，也是女性自身的拯救者。当她为世俗所诱或为生计所迫而丧失本性时，当她囿于环境沉湎于声色犬马而难以自拔时，只要她想到儿女，想到要做儿女的榜样，想到儿女决不能过自己这样的生活，她就会升腾起战胜自我的力量，从善从真从美。虽然我成不了像孟子那样伟大的人物，但是我的母亲，乃至普天之下的母亲，都可以与孟母相媲美……

母亲是一种岁月。岁月如歌，母爱无限……

鼓　励

◘ 马　婧

第一次参加家长会，幼儿园的老师说："你的儿子有多动症，在板凳上连三分钟都坐不了，你最好带他去医院看一看。"回家的路上，儿子问她老师都说了些什么，她鼻子一酸，差点流下泪来。然而她还是告诉儿子："老师表扬你了，说宝宝原来在板凳上坐不了一分钟，现在能坐三分钟。其他妈妈都非常羡慕妈妈，因为全班只有宝宝进步了。"那天晚上，她儿子破天荒吃了两碗米饭，并且没让她喂。

儿子上小学了。家长会上，老师说："这次数学考试，全班 50 名同学，你儿子排第 47 名，我们怀疑他智力上有些障碍，您最好能带他去医院查一查。"回去的路上，她流下了泪。然而，当她回到家里，却对坐在桌前的儿子说："老师对你充满信心。他说了，你并不是个笨孩子，只要能细心些，就会超过你的同桌，这次你的同桌排在第 21 名。”

说这话时，她发现儿子黯淡的眼神一下子充满了光，沮丧的脸也一下子舒展开来。她甚至发现，儿子好像长大了许多，第二天上学，去得比平时都要早。

孩子上了初中，又一次家长会。她坐在儿子的座位上，等着老师点她儿子的名字，因为每次家长会，她儿子的名字在差生的行列中总是被点到。然而，这次却出乎她的预料——直到结束，都没有听到。

她有些不习惯，临别去问老师，老师告诉她：“按你儿子现在的成绩，考重点高中有点危险。”

她怀着惊喜的心情走出校门，此时她发现儿子在等她。路上她扶着儿子的肩膀，心里有一种说不出的甜蜜，她告诉儿子：“班主任对你非常满意，他说了，只要你努力，很有希望考上重点高中。”

高中毕业了。第一批大学录取通知书下达时，学校打电话让她儿子到学校去一趟。

她有一种预感，她儿子被清华录取了，因为在报考时，她对儿子说过，她相信他能考取这所大学。她儿子从学校回来，把一封印有清华大学招生办公室的特快专递交到她的手里，突然转身跑到自己的房间里大哭起来，边哭边说：“妈妈，我知道我不是个聪明的孩子，可是，这个世界上只有你能欣赏我……”

这时，她悲喜交加，再也按捺不住十几年来凝聚在心中的泪水，任它打在手中的信封上……

只因她是母亲

◘ 倚 窗

自从他考上大学，就很少回过老家。五光十色的城市生活让他眩晕、痴迷、幸福、不知所措。他拼命学习，只为让这座陌生的城市能够接纳他。最终他真的留在城市了，并且通过贷款，购买了一套三室一厅的住宅。母亲没有来过城市。他连婚礼都是在城里举行的。

婚后好几年，除了春节，他从来不曾回过老家。儿子想奶奶，跟他闹了好几天，最后他只好跟妻子商量能不能把母亲接过来住些日子。妻子同意后，他给母亲打了个电话。他说您来住一些日子吧。母亲说我在城里住不习惯。他说您就来吧，小宝说他想奶奶。母亲想了想，最后说，好吧。

就这样母亲来到了城市。那是她第一次来到城市，城市让她极不舒服。

母亲带来两个蛇皮口袋。一个口袋里装满刚从菜园里摘下的新鲜蔬菜，一个口袋里装满刚从地里掰下的青玉米。那样的蔬菜城市里到处都有卖，价格很便宜；那样的青玉米卖得更多，他们早已经吃腻了。母亲带来她所能带过来的乡下的所有，却唯独没有带来乡下的习惯。她战战兢兢地在屋子里走动，小心翼翼地和他以及他的妻子说话。五十多岁的母亲知道城市和乡村的区别，知道装修豪华的楼房和简陋的乡下草屋的区别，即使住在儿子家，她也不能太随便。

他忙，不可能时时陪着母亲。妻子也忙，她得去公司上班，去健身房健身，去电影院看热播的大片，去业余班学英语、学会计……他们把母亲留在家里，让儿子陪着她。妻子对母亲说，这是马桶，按下小钮，冲半桶水，按下大钮，冲整桶水；给小宝热牛奶的时候，用燃气灶，往右拧这个开关，就能打着火……

母亲的表情就像一个懵懂的孩子。这么多事，这么多规矩，她怕记不过来。

母亲小心翼翼地关上门，愣愣地坐在沙发上。她不敢用抽水马桶，不敢动电视，不敢开冰箱，不敢接电话。后来她不得不硬着头皮打开了燃气灶，为自己的孙子煮了一杯牛奶。那个上午她只动了燃气灶，却差点儿闯下了天大的祸。

中午他回家时，闻到一股很浓的煤气味。孩子在卧室里睡觉，母亲坐在沙发上择着青菜。见了他，母亲说，我头有些晕。他不答话，冲进厨房，见燃气灶的开关开着，正咝咝地响。他连忙关掉燃气灶，打开厨房的窗户，又冲进卧室，打开阳台的窗户。他一个房间一个房间跑，一扇窗子一扇窗子打开，母亲惊恐地看着他，脸色苍白。母亲说出什么事了吗？他说没事，脸却黑得可怕。母亲垂下头，她知道自己肯定闯下了祸。她不敢多说一句话。

妻子还是知道了这件事。晚上她把母亲叫到厨房，再一次跟她讲解燃气灶的用法。她说多险啊，如果不是他中午回了趟家……母亲说我吹不灭火，就用湿毛巾把火捂灭了。母亲说我不住了，在城里真住不习惯，以后，还不知道会闯下什么祸……

母亲第二天就回了乡下。这时他才想起来，母亲竟一次也没有用过家里的洗手间。母亲腿脚不便，可是她仍然坚持去一公里以外的公厕。母亲留下的那些青菜和青玉米，他们吃了很长时间，还是没能吃完。最后只好扔掉了。

第二年春天他的生活发生了重大变故。妻子带着儿子与他离了婚，一个完整的家瞬间破碎。那些日子他每天生活在浑浑噩噩之中，终于被公司解聘了。他重新变得一无所有，整天闷在家里，借酒浇愁。终于有一天，他在横穿马路的时候，被一辆汽车撞倒在地。虽然没什么大碍，可是需要卧床养伤。医生说，你需要在床上至少躺半年的时间。

母亲再一次进了城。这次是母亲主动要求来的。他不想让

母亲看到他现在的可怜模样，他劝她不要来了。母亲说我还是去住些日子吧！他说您不是住不习惯吗？母亲说会习惯的。来的当天母亲就用燃气灶给他煮了晚饭。母亲说，你放心，煮完饭，我不会忘记关掉燃气灶的。

他惊讶地发现，母亲竟然表现出惊人的适应能力。她把冰箱整理得井井有条，每次关冰箱，都不忘看看冰箱门是否关严；她修好了一把断了一条腿的木椅；她把空调的温度调得恰到好处；每当有敲门声，她总是先问一声谁啊，然后再通过猫眼看清门外的来人；她把洗手间和地板拖得一尘不染；她用微波炉给他烤面包；用果汁机给他榨新鲜的果汁。甚至，母亲还帮他发过一个传真，那是他的一份求职材料。

母亲在几天之内迅速变成了一位标准的城市老太太。她无微不至地照顾着自己的儿子，就像在乡下照顾小时候的他。

后来他的心情好了一些，没事的时候，就和母亲聊天。母亲说昨天我去超市买菜，问楼下的老大姐，她说现在写作得用电脑。他说都扔这么多年了，还是算了吧。母亲说不能算了，我明天给你去电脑城问问。我问过那位大姐，她说组装的电脑会便宜一些。我有钱呢。母亲说完，从口袋里摸出一个纸包，打开，里面包了一沓钱。母亲说是我这几年攒的，四千多块钱，给你买台电脑吧。

第二天，母亲真的一个人去了电脑城。中午她没有回家，只是打回来一个电话。她说你要 17 的显示器还是 19 的显示器？17 的便宜，也清晰，但太小，看着可能累眼睛。内存和显卡……那一刻他简直不敢相信自己的耳朵。一个跟泥土打了一辈子交道、识的字肯定不会超过 100 个的农村老人，竟然说出了显示器、内存、显卡！只要他需要，那么，母亲就必须弄明白这些。因为她在为他做事，因为她是他的母亲。

电脑买回来后，他真的开始了写作。开始当然不顺利，不过也零星发表了一些。随着发表量越来越大，他的心情也越来越好。半年以后，他几乎完全变成了另一个人。他想，假如没有母亲的鼓励，假如没有这台电脑，那么，他不知道自己那种灰暗的心情，还能够持续多久，他会不会天天泡在酒杯里，永远消沉下去。现在他彻底忘掉了自己的不幸，感觉生活一天比一天美好。

突然有一天，母亲在客厅里摔了一跤。他过去扶起母亲，母亲说，地板太滑了，这城里，我怎么也住不习惯。那一刻他努力抑制了自己的眼泪——母亲为了他，几乎适应了城市的一切；而他，却从来没有想过让这个家适应自己的母亲，哪怕是换成防滑的木地板。

他说明天我就找人把地板换成地毯。母亲说不用了，明天我想回去。他问为什么？母亲说因为你已经不再需要我的照顾，我留在这里，只会耽误你写作。还有，地里的庄稼也该收了，怕你爹他一个人忙不过来。

他求母亲再住些日子，可是母亲说什么也不肯。她说我真的住不习惯。地板、燃气灶、微波炉、冰箱……都不习惯。如果你想我了，就回乡下看我。

他叫一声妈，泪水滂沱——当母亲认为他需要自己，她会迅速改变自己多年的习惯，变成一位标准的城市老太太；而当她认为自己已成为累赘，又会迅速恢复自己的习惯，重新变回一位年老的农妇，远离儿子而去。似乎她的一切都是为他而存在，为他而改变。她的心里面，唯独没有她自己。

母亲老去

◎ 杨治文

母亲老了，我回去的时候她居然忘记了我是谁，一个劲儿地问我："你是谁？你是谁？"

禁不住，一股酸楚刺痛了我，我为我一生艰难而坚强的母亲如此瞬间般地衰老下去而感到无比伤怀。

我对母亲说："我是您三儿子呀，几天前我还回来看您的呢，您怎么就不认识我了？"

母亲终于说："你是老三呀。哦，你是老三，我怎么就记不起来了呢，我怎么就记不起来了呢？这活的，还有啥用呢？"母亲说完又默默地坐回到炕上去了。

我可亲可敬的母亲就这样老下去了。她居然认不出她自己曾经是多么疼爱的儿子。我的眼里蓄满了泪水，但是不敢流出来，我怕这泪水把母亲曲折的记忆激活，让她又一次回味那些苦涩的过去。我不忍心，我宁愿让母亲在麻木中平平静静地安度晚年，这样或许比让母亲一次次地去咀嚼那些不堪回首的艰难岁月安详得多，舒心得多，快乐得多，也幸福得多。

母亲老了，那个耳聪目明的母亲已经永远不再，让一个儿子无论如何都感到一种无边的伤感和痛楚。

母亲连我的话也听不清楚了。我好几次跟她说话，问她身体怎么样，有没有不舒服，人老了，肚子怎么样，吃饭还行吗？可是母亲听不见我问的话。母亲是多么想听见我跟她说话呀，母亲就那么倾着身，侧着头，一副很费劲很着急的样子，不断地问着我："你说啥？你在跟妈说啥呢？你大声点儿，妈听不见。"母亲一边问我，一边责怪着自己："你说说，这人老了还有个啥用，连儿子的话都听不见了，咋还不死。"

我说："妈，你不要着急，我大声点儿跟你说，你总能听见的，你就是永远听不见了，什么都听不见了，只要你就这样安安稳稳地坐着，坐在家里，坐在炕上，儿子就永远还能看见妈，妈也能看到儿子，我什么时候想妈了，我还有个妈家可回呀！"

其实我说的声音已经很大了，可是母亲什么也听不见了。她曾经是多么喜欢听到儿子的声音，多么高兴看到儿子来去奔波的身影，就连我咳嗽的声音，我回家的脚步声，母亲都能听得出是她儿子的声音朝她走过来了。她早早地出门来，静静地站在门外，像一幅春日里温暖的剪影，就像恭候一个贵客，恭候一个外宾，来迎候着我。踏着母亲那一缕缕温暖而慈祥的目光往前走，当儿子的永远都是那么骄傲，永远都是那么自信，就像身上插上了轻盈的羽翼，心里盛开了春天的花朵，那个引我走路的向导，那个扶我成长的园丁，就是母亲。可是现在，我再也看不到那个守在大门外，老远地就张望着我的母亲了，她总是那么呆呆地坐在炕上，或是躺着，全然失去了过去的活力。回家的路还是那段路，但我觉得是那样的沉重，那样的难行。几次回家，我自己走到门前，摘下门闩的时候，再也听不到母亲热切的呼唤和关切的问候，我的心孤零零的，就像这个世界只剩下了我，我突然有一种担心，但我又不敢再往下想。我多么希望母亲还能站在大门前来迎候我，问候我，摘下我身上的背包，拍去我身上的风尘。我知道，那是我在这个世界上享受到的至高礼遇了，再也不会有什么礼遇可以与此媲美，那种感觉，只有从母亲那里能够得到，除却母亲，再也无处寻觅，就连父亲，感觉也总是没有那么细腻，没有那么让儿子感到无微不至，贴心贴肺。

母亲的行动也越来越不便了。我一回家，母亲总是说："人老了就得死，不死有啥用，儿子回来连口饭都给做不出来了。"

我对母亲说："人都要老的，您何必计较。我都要半辈子的人了，您怎么总还是想着给我做饭呢，我小的时候您给我做了那么多，您老了总不能还让您做那么多，我回来了我就给您做，也给我自己做，让您也尝尝我做的饭味道怎么样。”

可母亲还是心怀不忍，母亲说：“再大的儿子在妈跟前都是儿子，如果能行，妈一辈子给你们做饭都愿意，可心是这个心，人不是那个人了，有时候你们一走，妈这心里就得难受好几天，黑夜都睡不着，想啊，年轻的时候是多么要强的一个人，可好像没活就老了，你们回来咋就连顿热饭都做不出来了呢，没用的人了！”

这就是真正无私的、不遗余力的母爱。一辈子为了儿子，牵肠挂肚，辛辛苦苦，忙忙碌碌，似乎那就是母亲生命的全部内容，一旦老去，精力不再，就再也不愿牵累儿子，再也不愿给儿子增添一丁点儿的麻烦。

哦，我可亲可敬的母亲，请你不要这么想，你虽然老去，但你的母爱永远是那么年轻，永远让我感到这个世界真正的温暖，永远让我深深地感怀和眷恋。

我知道，您只是一些器官上的老化，您的心其实是清楚的。您曾经跟我说过：“我们这一代人，草菅一般，吃苦受累的命，没那么娇贵，命长着呢。”

母亲，但愿您长命百岁。

我想伺候一回母亲，但我做饭菜永远没有母亲做得那样香甜。从小到大，我最喜欢吃的就是母亲手擀的汤面。火起来了，母亲往锅里滴几滴麻油，就几滴，再炝几瓣葱花儿，炒几根匀溜溜的土豆条，卧一只家鸡的荷包蛋，然后把擀得柔韧的面条下进锅里，没有酱油，好像清汤淡水，可是那个香哟，我恨不得一口吞进肚里去。生活的拮据，造就了母亲勤俭节约的生活方式，也养成了我安于平淡的味觉习惯和坦然心理，上千元的饭吃过，可我立马就记不起它的滋味，而母亲的那一碗淡淡的汤面，却成了我生命中最珍贵最香甜的美味，成了我生命中永远的盛宴，已经深深地融进了我生命中的血液，再也不可能随风飘散。

可是我的母亲老了，人生的遭际和岁月的风霜无情地抹去了她美丽的容颜，无情地让她一天天走向衰老，我却无力为母亲挽回些什么，即便回家看看母亲，也是匆匆得很。

再也没有比看着自己的母亲一天天老去而让儿子痛心的事了。

继母的账本

◎艾 妃

她对亲生母亲并没有印象，母亲离开家的那年，她还太小，两岁，是没有记忆的年龄。与父亲一起生活到 5 岁，便有了继母。与其他类似家庭不同的是，自己与父亲住在继母的房子里，花着继母的钱。

继母家里有一个大她 3 岁的男孩，并不欺负她，却也很少讲话，偶尔看她一眼，带着不屑的神情。继母开了一家水果店，同父亲的感情似乎很好，做好饭要等着父亲回家才可以吃，还要为他烫上二两酒。那时，父亲在一家工厂做临时工，领着很低的薪水。

她是个沉默寡言的孩子，与继母间不算亲近。继母出学费供她上学，为她和父亲洗衣。与同龄孩子相比，算不上幸福，可也相安无事。就这样，平平淡淡地生活，直到 10 岁那年，父亲所在的工厂出现旧厂房坍塌事故，4个工人被压在下面，其中就包括父亲。

她赶到医院时，父亲已经被纯白的单子盖住，身旁是号啕大哭的继母。她怔怔地站在病房门外，继母的儿子在身后推她，快去看看你爸爸啊……她回过神来，死命地扑过去，哇地一声哭倒在父亲身上。

父亲出殡那天，她呆呆地捧着遗像，听到有人说，这孩子多可怜，不知道会不会被后妈赶出门去。当晚，她梦见，自己衣衫褴褛地沿着街头乞讨，不时地有男孩子们向她身上扔石子，骂着。醒来后，生平第一次，她有了极强的恐惧感。

清晨，继母像平时一样做饭，唤她起床，仿佛一切从未发生过。她头很疼，低声乞求，我今天，可以不去上学吗？我想爸爸。

她以为继母会同意下来，可是，继母面无表情地说，不行！不去上学，你爸就能活过来吗？他要是活着也会打你几巴掌。

那天，她是哭着吃了饭，哭着背起书包出门的。出门前，继母在身后叫她的大名，周家玉，你记住，从明天开始，别再让我看到你哭。

从那天开始，继母几乎没有对着她笑过，说话时也是大吼大叫，与父亲在世时完全不同。她想，果然是后妈的作为，自己一定要快快长大，离开这个家，再也不要回来。

她读初一那年，第一次来了月经，她害怕，恐慌。继母知道了，扔给她一个卫生巾。

她捏着卫生巾不知如何使用，继母并不帮她，也不指导，斜着眼睛看着，大声吼她，周家玉，什么事情都要靠别人去教你吗？

只是一瞬，她委屈的泪忽然涌了出来，她知道，从现在起，自己的事情自己做，不要指望任何人帮你。

她开始学着洗衣，做饭，打扫卫生，还有缝扣子。继母说到做到，再没为她洗过一次衣服，也不需要她洗家里的衣服。

继母没有读过多少书，她的儿子学习成绩也一般，中学毕业后读了中专。可继母却命令她，必须拿第一，不然就别回来。

尽管她的学习成绩不算差，可距离第一名还存在着很大的距离。她心中是有恨的，恨这个狠心的女人，对自己的苛刻，她觉得，继母是在千方百计找理由赶她出门，可她现在不能离开这里，她不能成为乞丐。

于是不得不学习，万家灯火已熄灭后，唯独她的灯还亮着，有时候实在困了，就趴在桌子上睡一会儿，醒来洗洗脸，接着学习。她讨厌学习，但她知道，自己没有选择，必须拿第一。

期末考试成绩公布，她的名字向前跃了二十多名。排班级第三。连班主任老师都有些震惊，一向沉默寡言的她会忽然排到前三名里来。同学们也惊讶地望着她，她却用力咬着嘴唇，没有一丝胜利的喜悦。

放学后当她犹豫着走进家门时，继母指着墙角骂，不争气的废物，跪着去。原来，继母在她回来前去邻居的同学家问过，知道她没有考得第一名。

那晚，她一直跪着，面对着墙壁，没有落一滴眼泪，也没有说一句软话。为这句“废物”，她发誓要考上大学，重点大学，毕业后挣很多的钱，然后她要把钱摔在继母脸上，问她，你当年说谁是废物？

继母水果店的生意大不如前。从前，她会偶尔拿回来一些较小的苹果、橘子，或者已经发烂的香蕉，但是现在却很少这样了。她每天坐在床上，一张一张地数钱，钱也变得少了起来。这些，她看得清楚，现在她只祈求上天保佑，继母千万别挣不到钱，那样就无法供她读书了。

那天，住在隔壁的同学来找她，是继母开的门，同学说，周家玉借我的参考书看完了没有，快中考了，我也着急用。

参考书的价格并不便宜，两本一套，厚厚的大开本，要五十多块，因此，她几次想向继母要钱买，都没有张开嘴。可是，第二天，继母就给了她 100 块钱，确切地说，是甩给她 100 块钱，像施舍一样，说，去买书吧，买和人家一样的书。她捡起钱，心刚刚被温了一下，却立刻又被继母的话冷却回来，这 100 我记在账上，你挣钱了得还我 200，你自己说的，加倍还我。

她真的考上重点高中时，以为继母虽不会表扬她，却也会高看她一眼，事实证明，她比继母那个每天只知道玩的儿子强得太多了。而继母只是拿着那张录取通知单一遍遍地核算着学费，还时不时扬起头说一句，真是讨债鬼，要不看在你以后会还我的份上，我肯定不再供你。

她和继母商量打算住校，遭到反对，继母戳着她的额头，住校不用花钱是不是？她鄙夷地看着继母横向发展的脸，没再继续说下去，顺从地住在家里。因为她知道，自己只要再坚持3年，就真的胜利了。

3年后，当她拿到那一纸鲜红的录取通知书时，她还是哭了。她太久没有哭过了，可是这次，她必须哭一场。她去学校报到的前一天，继母给她包了饺子，没有说话，也没有送她，她背着厚重的行李离开了那个不算家的家。继母转过身去，给她一个冰冷的背影。

逐渐地，她已经不再需要继母寄钱过来，自己在外做了两份家教的工作，包括寒暑假也不曾回去，挣来的钱虽不多，但也可以供自己读书和生活。继母也从不打电话给她，更不会来学校看她。大学的生活丰富多彩，她找回了自己的同时，逐渐把继母从脑海里抹去。

大三那年春节前夕，她接到了继母儿子的电话。他只说让她回去一趟，没说其他。其实她极不情愿，为什么要回去呢？

没有人对她存有感情，她也对任何人没有牵挂；亏欠的，也只是多年以来，像养只小动物一样的所谓“恩情”罢了。但她会还钱，她想，只要大学毕业，她挣了钱，会兑现她当年的承诺，加倍把钱还给继母，尔后，她们之间，再无关系。

回去后，还是那栋房子，还是那些摆设，只是，冷冷清清的，继母的儿子坐在一边抽烟。她没有主动问继母去了哪里，本也是不属于她关心的事情。继母的儿子不知抽了多少烟后，起身给了她一个破旧的日记本。

她当然认得，那是继母的账本，专门记她哪年哪月花了什么钱。有很多次她见到继母一丝不苟地在上边写着，见到她，就合上说，别以为你欠我多少我会忘了，我可都明明白白地记着呢！

她冷笑一声，拿起账本，抬头看了他一眼，问，怎么，现在就要我还钱？账本里，掉出了一个存折，她犹豫着打开，上边存有两万元。

她没有想到，那不是账本，而是继母的日记，更没有想到的是，继母已经去世了，并且把房子留给了儿子，把卖掉水果店的钱留给了她。

她没有觉得自己有多悲伤，有的也只是震惊。打开日记，一页一页翻下去，她的手开始颤抖。继而，抖动得拿不住那个本子，掉了下去，砸到自己的脚上。她蹲下来，确定自已的眼里，有眼泪喷薄而出。

继母说，老周，你放心，我不会再找了，再说也不一定有人接纳我这个带着两个前夫孩子的女人。我一定会把家玉带大，让她做个有出息的人。

继母说，你别怪我对孩子狠，家玉不同别的孩子，她没有亲生父母，她必须坚强，自立，忍耐，刻苦！

继母说，家玉没有考第一，我罚她跪着，那是在跪你，她不考第一，最对不起的是你。

继母说，老周啊，我是从农村出来的，没读过多少书，我不会教育孩子，我不知道我的教育方式对不对，但是家玉考上大学了，重点的，她可以自己养活自己了……我笑了哭，哭了笑，我也该歇歇了，我累啊！

继母说，家玉，你从 5 岁那年来我家，跟着我生活，像我自己的孩子一样，我打你是打你，骂你是骂你，可总归是希望你有出息，你怎么就不回来看看呢？

继母说，我这老肝病，越来越严重，估计也活不了几天了，想找张照片当遗像都没有，前些年只顾着干活了，怎么不知道照张相呢……

女儿心

◘ 李月亮

我在邮政局工作，负责邮寄和收寄包裹。在这个四通八达的时代，寄包裹的人实在不多，而那个女人常常来，所以我很容易就记住了她。

她是我们胡同口卖煎饼的，40岁出头的样子，个子很矮，嗓门挺高。

起初，我对她有些不屑，甚至是反感。她每次来都是寄一些不值钱的杂物，如帽子、毛衣、电池、汤匙、饼干、咸菜等等。而她又经常丢三落四，常常是把东西都放到了柜台上，才忽然想起来还差一样什么，就让我看着，她马上跑回去拿。

按照规定，我必须查看她要邮寄的东西。每次看的时候我都想：干吗寄这些廉价玩意，费那么大劲，不如直接寄钱回去。

有一次，她把包裹拿到邮局后，发现又落了一样东西在家里。匆忙跑回家后，她拿来了一双厚厚的棉袜子。

她缝包裹的时候，我忍不住劝她："你不如直接寄点钱回去，让他们自己买，何必寄东西呢？邮费这么贵。"

她叹了口气，说："老人家岁数大了，腿脚不方便，让别人去买，常常就是东西没买来，钱也不见了。"

"是你给父母亲寄吗？"我有点好奇。

"我妈。"她轻轻说。

后来，我就看出来了，那包裹一定是给她母亲寄的。因为只有女儿对母亲，才会那么的细心周到，生怕给少了。

比如有一次，她要寄一些奶粉和豆腐干，自己带来的箱子太小，挤了半天还差两袋奶粉塞不进去。我告诉她，我这里有卖大一点的箱子，不过一个要七块钱。她犹豫了一下，还是拜托我帮她看一下东西，然后跑向了邮局对面的商店。

我以为她又要再买些东西，却见她指着店门口的空纸箱，跟店主说着什么。原来她想跟人家要一个大些的纸箱。可惜那个店主摇摇头，没有给她。她立即跑去了另一家，比比画画地说了半天，人家还是摇头。她焦急地跑去另一家商店，瘦弱的身子，凌乱的头发，破旧的外衣。我默默看着，心里忽然感动了。

其实，少寄两袋奶粉也没什么的吧？反正以后还可以再寄，而且她经济已是那么拮据，少寄几次想必母亲也不会埋怨吧？

不久，她兴高采烈拿了一个破旧纸箱来，问我能不能用？按照惯常，那么破旧肯定不能用了，可是我怕她失望，就帮她在箱子上密密实实地缠了一圈透明胶，费了半天劲，总算能用了。

她看着打好的包裹，由衷地笑，一个劲地说："你可真好，谢谢了，多谢你了。"

"不用客气。"我说："老太太有你这么孝顺的闺女，真是有福气了。"

她又叹气，摇摇头说："几年都见不到一面，还哪敢说孝顺啊！老太太想我想得眼睛都瞎了。哎，天大的不孝啊！"

"几年都不回去的吗？"我关切地问。

"对，回去一次就得花几千块钱，卖煎饼一年赚的钱也不够回一次家，回不起家啊！"

我从来不知道，回不起家该是什么样的心情？但她眼里流露出的无奈和悲伤，让我这个旁观者感到难受。

打那以后，每次路过胡同口，我都会多买一些煎饼。她的煎饼做得不错，只是利润太微薄。而她寄包裹的频率越来越多了。寄的东西，也与以往不一样。

先是寄些营养品，后来寄了几次药。

直到那一次，她拿了一个小包裹来。我打开，里面是一套黑布衣裤，是寿服。我暗自吃惊，抬头看时，才发现她的眼睛有些红肿。

那是唯一的一次，她只寄了一样东西，没有七七八八地弄一堆。

我默默地给她办好邮寄手续，把收据递给她。

她忽然低下头，说：“大概是最后一次寄包裹了。”声音有些哽咽。

我心里一酸，问：“老太太……”

“快要不行了，估计也就这个月的事了。”她说着，抬手抹了抹眼泪：“我想打个电话。”

“好。”我赶紧把柜台上的公话拿给她。

她笨拙地拨了号码，用方言说起来：“……婶子身边不能离人，……我不回去了，婶子不行那天，千万要告诉我，我在这摆个灵堂，哭她几声……”

挂了电话，她眼睛湿润了，泪水在隐忍着。

“不是你妈吗？怎么是婶子？”我听得不对劲儿。

“说来话长了。”她吸吸鼻子，黝黑的面颊上泪水已夺眶而出，“是我继母，按理说该叫妈的，可是哥哥姐姐都不认她，我也就跟着叫婶子了……”

原来，她自幼丧母，父亲再娶时，她才两岁。继母是同村女子，因为聋哑嫁不出去，30岁时才跟从父亲。继母自己没有生育，只当她是自己的亲生女儿，对她万般的好。

一次，她羡慕同村孩子吃油条，继母便跑到别人家里去呜哩哇啦地要。被赶出来后，又跑去另一家，最后终于要来了半根油条给她。

一个聋哑人，平时就已经受尽人们的白眼和欺辱，却还用尽全力地想让她活得好。

后来她出外打工，常年在外，继母想她想得双眼失明。

她的哥哥姐姐与继母感情一直不好，谁也不愿意照顾这个负担。继母这个聋哑瞎的残疾人，一个人过着日子，可想而知是多么艰辛。

可是家里每来一个人，继母都上去摸索，不知是不是她回来了？

她多么想把继母接到身边照顾，可是，一提起这事丈夫就以离婚来威胁，他们那个巴掌大的家，他们那样微薄的收入，也实在无法再收留一个人。

于是，她只能把所有的生活用品寄回去，一样一样，一切继母需要的东西她都寄。就这样，她养了继母十几年，但她还是深深内疚和自责。现在，继母已经瘫在床上动弹不得，估计是要寿终正寝了。

“不过，感谢老天爷，”她说：“她身体那么不好，居然能活到70岁，我真是知足了。”

这真让人感动！

她叫着婶子，其实心里是把继母当做亲妈的。她自己已经做到能力的极限了，却还不停地深深自责，她这样自责着，却还知足地感谢老天。

她是穷人，平凡人，可是她做到的这些，我们这些自命不凡的都市人怕是很难做到吧！

我忽然想起，大概有两个月的时间没去看妈妈了。不行，这个周末，无论如何要去看看她。当然，得多带些好吃的给她。

爱谁都值得

◎ 马 德

他原本是一个弃婴，20 年前被一个女人抱回家。

这家就夫妻俩，四十岁上下，膝下无儿无女，住在这座城市的边上。日子过得也很恓惶，丈夫有病长年卧床，女人常常靠出外帮别人做事或者去城郊捡破烂养家糊口。然而，这家人对孩子并不薄，视同己出，虽然苦巴巴的，还是买了奶粉鸡蛋，一路把孩子拉扯大。

长大后，小学没念几天，他就不上了，跟着一帮孩子胡混。开始，他还回家。后来，一看到养父病态恹恹地躺在床上，养母头发蓬乱地忙这忙那，他就有点烦这个家了。有一次，在城市的公园，他跟几个孩子抢了民工的钱，结果被抓了起来。放出来后，他想，如果那个家有一点嫌弃他，他就彻底地离开。然而养母依旧亲热地待他，似乎什么也没有发生一样。

之后，他的养父死了。养母也愈发的老了，像风中的的蜡烛，头发花白而蓬乱，也愈发的憔悴了。他到了就业的年龄，也没有找工作，一天到晚四处闲逛。结果，因为一次合伙抢劫，他被判了 5 年。5 年的日子是灰暗的，这期间，还是这位六十多岁的养母，千里迢迢，奔到他服刑的监狱，探视他。望着已经风烛残年的养母，他有些痛心，觉得有些对不起她。

出来后，他并没有回到养母所住的那座城市。他辗转了好几个地方，最后在另一座城市待了下来。几乎没有安稳几天，他便又和当地一些不三不四的人勾搭到一起。这一次，他们要做一宗大买卖，然而，蹊跷的是，那天他们一伙人几乎就要得手了，结果他负责引爆的炸药，竟然没缘由的哑了火。

就因为炸药没有爆炸，运钞车安然无恙，而他们却被警方抓获了。在警方的询问中，他交代，他之所以没有引爆炸药，是因为在即将点燃引线的一刹那，他发现，旁边有一个蹬三轮的白发蓬乱的老女人，像极了自己的养母。

他的这一闪念引起了警方的注意。通过当地派出所查询，得知他的养母还活着，警方便千里迢迢把他的老母亲接来，安排与他见面。当养母看到自己儿子的时候，便一下子扑上去抱住了他，母子俩抱头失声痛哭。养母说："你的事情，警察都和我说了。"他哭得愈加不能控制了，他说："妈妈啊，儿子对不起你，对不起你这么多年含辛茹苦的抚养。像我这样狼心狗肺的家伙，辜负了你这么多年的爱。”他接着有些撕心裂肺地喊道：“妈妈，你爱错人了……”

“不”，养母拢了拢头发，接着说，“妈妈并没有爱错人。是的，在这之前，妈妈也曾伤心过，对你几乎已经不抱什么希望了，但是这一次你所做的，让妈妈知道了，妈妈并没有爱错你！”

故事的结果很简单，漫长的刑期之后，他也已经一大把年纪了，他在一个偏僻而陌生的城镇开了一家小吃店。没有人知道他是从什么地方来的，原来是干什么的。那里的人们所知道的是，他接济过不少需要帮助的人，是一个很有善心的人。

他死亡之前，把他的那家店留给了一个孤儿。他给这个孤儿的遗言只有一句话，据说那句话还是他的养母留给他的：这个世界，爱谁都值得。

最爱你的人心最低

◎苗 青

妻子刚怀孕的时候，希望肚子里的宝宝能够长得聪明漂亮，皮肤要白，眼睛要大，最好有天才般的头脑。等到肚子渐渐大了，她对宝宝的期望却越来越少了。最后进产房的时候，她对我说，我现在什么也不想啦，只要他健健康康，我就心满意足了。

医生说，这几乎是每一个产房的准妈妈内心的祈求，一开始的时候都是在心里把宝宝想了又想，到最后，都只剩下了一条：宝宝健康就好。做母亲的心就这么低。

大哥国外留学的前夜，亲戚朋友们都来给他饯行。席间，这个说，你一定要娶个美国媳妇回来。那个说，以后在美国自己开公司挣美金。妈妈说，你就是什么也没干成，你还是我儿子，只要你平平安安地回来，妈就高兴。在热闹的酒席间，这句话很煞风景，大哥不高兴地咕哝了一句，妈，你的心可真低！

大学毕业后，我不甘心窝在小县城里一杯茶一张报地浪费青春，决定到广州去寻求发展。看到妈妈一副牵肠挂肚万分不舍的样子，我宽慰她，等我以后做了总裁，就带你环游世界去。妈妈被我逗笑了，她说，我可没想过，你找个疼你爱你的人，过上和和美美的小日子，妈就心满意足了。

在广州，我租住在一位老妇人家里，她的老伴几年前过世了，两室一厅的房子，自己住一间，另一间就拿来出租。她说要把钱存起来给在北京工作的儿子买房子付首付。我说您可真辛苦，她笑呵呵地说，住着小房子，吃着粗茶淡饭，这样已经很好了，要是以后能与儿子一起生活就更没有遗憾了。这就是当妈妈的全部心愿，那么简单又那么少。

天地间，恐怕只有妈妈的心才这么低，不图荣华富贵，只求粗茶淡饭；不图耀眼繁华，只盼平安相伴。这一颗妈妈的心，全系在儿女的身上，如果可以，她会把全世界的痛苦都收进自己的口袋，只留下平安幸福给儿女。

爱的训练

醉东风

儿子问我："妈妈，你为什么管我爸爸的妈妈叫妈妈？你又不是我奶奶生的！"我说："我和爸爸是夫妻啊，就是一家人了。那爸爸的妈妈当然就是妈妈的妈妈了。"

儿子并不罢休："那你叫，你现在大声叫个妈妈给我看看。"

我有些尴尬，虽然平时也"妈，妈"地叫，但被儿子搞得这么正式还是头一回。但为了应付儿子，也只能边吃饭边大声地叫一声："妈！"声音是发出了，但眼睛是瞅着盘子的。

儿子马上抓住把柄了，他得意地叫起来："看吧，你没有看我奶奶就叫妈妈，说明你害怕了，你不敢看着奶奶叫妈妈。"

我怎能如此败下阵来，马上把身子侧向婆婆，迅速再叫一声"妈！"婆婆跟我一样，平时都不是善于表达感情的人，虽然相处得很融洽，但这样直接的感情交流却是没有过的。婆婆听我叫她，也不太好意思，眼神闪烁着，也不看我，斜看着饭桌旁边的墙壁，嘴里答应一声。

我想，这次算过关了。但儿子还是看出了端倪。“你们两个像做贼一样，一个都不敢看另一个。这下你看着奶奶，奶奶也看着你，我数完一二三你再喊妈妈！”

迫不得已，我转身注视着婆婆。婆婆也转身注视着我。目光碰撞得如此胆怯和心虚。恨不能都把目光从半截处定格了，在相撞处之前就收住。恨不能及时地在目光延伸处寻找一个飘忽的烟尘，让眼神有个实在的着落。我和婆婆，就这样对视着，感觉目光不是直的，而是曲里拐弯的，最后不得已地交叉。

儿子终于数完了“一、二、三”，我终于圆满地完成了叫“妈妈”的任务。然而，心绪却再也无法平静了！

我从前那么多次地叫过“妈”，我注视过她的眼睛吗？没有！“妈”就是一个合适的称谓，可以把婆婆唤应的恰当的名词而已。我在叫婆婆的时候，已经把“妈”的内涵给省掉了，“妈”的后面是空白……

为什么我注视着婆婆叫她“妈”的时候，会这样生涩和艰难，甚至尴尬？因为我从没有想过她可以替代我的母亲的位置，因为我只是把她当成先生的老人来对待。面对她，我想到的是我应该尽到什么责任和义务！虽然我对她很好，但这好，和责任有关，与爱无关。从心底里，我没有真正“爱”过她！我管婆婆叫“妈”的时候，都使用过怎样的语气？有没有像叫自己的母亲那样——快乐的、亲切的、娇憨的、接连不断的……没有过，我从来都是一声短促的“妈”，声音的符号布局！甚至婆婆，在叫我的时候也是这样，她从来没有叫过我的名字，而是面对着我叫“昊昊”（儿子的小名）。

我和婆婆之间，就像两个被搭错了的音符，感觉不和谐，但谱曲的人偏偏就这样搭配了。我们都把这当成是命里注定的事情，婆婆没想过要降个调，我没打算要升个调。放在一起就放在一起吧，形体上的和谐，精神上的距离。

我终于明白了，为什么天底下有那么多婆婆和媳妇不能和睦相处。因为她们在互相唤呼的时候没有认真地注视过对方的眼睛！

眼睛是心灵之窗。当你看着婆婆的眼睛，你就走近了她的心灵的边缘，你能感觉她的眼神是温暖的和善的。也许，第一次你会觉得陌生，但时间长了，陌生的罅隙就会缩短和消失。婆婆，就成了自己的亲人，真正的亲人。

我得感谢儿子，他给我上了一堂课，有关“爱”的训练！

爱不糊涂

◎ 梧桐听雨

朋友送我一幅韩国的十字绣，我看颜色搭配得十分淡雅，针脚也均匀。朋友说，这是她母亲的杰作。老母亲退休以后闷在家里无事可做，迷上了韩国的十字绣。日积月累，母亲成绩斐然，自家连同儿子女儿家里的墙上都挂上了她的杰作。

然后，母亲停工了一段时间。没有绣活可做的日子，母亲常常发呆发愣。老姐妹问她为什么不再买十字绣回来绣了，母亲说，一幅十字绣要几十块，绣好了又没地方挂，不是浪费吗？转天，朋友买了一幅十字绣回来，对母亲说是她的同事看了她家里的十字绣，喜欢得不得了，特意买了央求母亲帮忙绣的。

母亲笑呵呵地连声说好。于是就有了朋友送我的这幅十字绣。我说，这么漂亮的东西，就这么白送给我，我是求之不得，不过每幅你都要倒贴几十块，这可是个糊涂账啊！

朋友说，不过是母亲心情好的时候练练手，一幅绣下来至少也要两个月，几十块钱就买来老人家心情愉快、身体健康，你说我是亏了还是赚了？这账啊，一点都不糊涂。朋友的话让我想起了小的时候，父亲厂里发积压的毛线。父亲分到的是两斤黑色的毛线，回来兴冲冲地和母亲说，眼看着冬天就要到了，正好给女儿织一套绒线衣裤。我正是臭美的年纪，一看是黑色的毛线就大哭大闹，说冻死我也不穿。后来，父亲用两斤黑毛线和同事换了一斤鹅黄色的毛线，母亲用它给我织了一件外套毛衣，我穿着很是风光了一阵儿。两斤毛线换一斤毛线，在那个并不富裕的年代，在许多人眼里都是笔亏本生意，父亲却笑着说，女孩子，当然要穿颜色鲜艳一点儿的。女儿打扮得漂亮，她高兴，全家都高兴，这比什么都强。在父亲的心里，这账并不糊涂。

想起了一位朋友，结婚以后有了自己的家，和母亲家一个在城南，一个在城北，没有直达的公交车，来去打的得花四十块钱左右。母亲做了什么好吃的，总是给他打电话，要他一家三口去吃饭。每次，他都乐呵呵地应了，然后携妻带子打的而去。其实，四十块钱左右他们在家里可以吃两天了，母亲的这顿饭吃得有点儿贵，可是，他还是乐此不疲地去母亲那儿吃饭。他说，母子团聚，天伦之乐，怎么能用钱来计算呢？

母亲菜

卫宣利

结婚后，回家的时间越来越少。偶尔往家里打个电话，母亲便欣喜得像个孩子，逮着我唠唠叨叨说个没完。她说，院子的菜都泛清了，油油绿绿的，中午去掐一把回来，洗了下锅，一锅的新鲜啊！她说，今年的菜贵，你有空就来一趟，自己种的菜都吃不完，你就不用买着吃了。再说，家里的菜新鲜，你爸经常说，这才是纯天然的绿色食品，城里的人都喜欢吃……

我笑着答应了她，却转头就忘了。只有到菜市场买菜时，看一看一排排令人咋舌的价格，才会想起母亲和她的菜。但想一想，回一次家要倒几遍车，下了车还要走好长的路，那个麻烦，心里就生了退意。

母亲却打电话来，说要给我送菜来。我简单地告诉她在哪儿下车，就挂了电话。快到中午时，我去车站接她，左等右

等，半个小时都过去了，却一直不见母亲的身影。我的心里开始慌了，想起母亲从来没出过远门，来我家也就一次，会不会是坐错了车或是坐过了站呢？

正在我胡思乱想时，忽然听到有人喊我的名字，回头一看，母亲正从人行道走过来，她的肩上还背着一个大袋子，手里还掂着一个。风很大，母亲灰白的头发被风吹得乱糟糟的。我急忙跑过去接了一个包。早春的天气，母亲竟然一脸的汗，她不停地捶着腰，喘着气说："真是老了，我也不记得上次来你们家在桥南还是桥北下的车了，下了车才发现早下了两站……"我埋怨她："你怎么不坐下一班车呢？还拿着这么多东西！"母亲笑着说："那就太亏了……"

回到了家，母亲一边向外拿菜一边还唠叨："胡萝卜能明目，你天天看电脑，得保护眼睛；青菜要多吃，你老是便秘；你要是怕胖就多吃菠菜，吃的再多也没关系；还有香葱拌豆腐……吃吧，吃完了再给你送。"一桌子的菜，每一棵都洗得干干净净，菜叶鲜嫩饱满。

心，忽然在母亲的唠叨声中，变得酸软了。是啊！回家很麻烦，要倒车，还要走路，要费时间和精力。可母亲却背着菜一路颠簸而来。她没有想过这些麻烦和距离，因为母爱是不怕麻烦，母爱是没有距离的。

爱也是一种放弃

◘ 佚 名

1965 年冬天，她在一家偏僻的医院产下了一个女婴，但是她无力抚养，迫不得已，在一个瑞雪飘飞的清晨，她将女婴放在一户村妇的门口。她知道那是一个好心的村妇，结婚好几年都没有儿女。

18 年后，女婴长成了一个大姑娘。村妇从箱底取出了当年的那个襁褓，细数着女婴的身世。她鼓励女孩寻找生母的下落，她说她完全不介意。女孩悲喜交加，当晚，她抱着襁褓哭了一夜，她决定找到生母，然后给两个母亲尽孝道。

女孩在报纸上登过寻亲启事；造访过邻近每一家医院当年的生育记录；她甚至一路找到了生产襁褓布料的厂家……但一切努力都是徒劳，到后来，她近乎绝望，她甚至相信，生母早已离开了人世。

再后来，女孩结婚生子，生活仿佛恢复了平静。2005 年的冬天，村妇得了绝症，女孩尽守孝道，日日守候在病床前，直到村妇安然辞世。

突然有一天，一个陌生的老妇敲响了女孩的家门。两人只片刻的对视，便已泪眼迷离，因为彼此实在长得太像，尤其是眼睛和嘴巴，简直是一个模子里刻出来的。

老妇果真是女孩的生母，她其实就住在附近。这 40 年来，她始终关注着女孩的生活，每一个重要的时刻她都在场：女孩 4 岁那年第一天上幼儿园，哭闹不已；女孩 8 岁那年，第一次兴奋地戴上鲜艳的红领巾；女孩 20 岁那年，穿着大红的喜服风光出嫁……

女孩哭着问："你明明知道我在找你，为什么一直不出现？"老妇羞愧地低头："我不能分割你对养母的爱，只要她在世一天，我就不会出现，因为她是你唯一的母亲。但现在你属于我了……"

人说，母爱可以不顾一切。但这是母爱的另一种方式，她为此放弃了一切。这样的母爱如涓涓细流，隐忍而绵长，因此释放得更加绚烂。

滴水恩与寸草心

◘ 邓 亮

我总是遇见好人，新房东姚阿姨就是。每次看见我，她不是塞给我一把瓜子就是一包话梅甚至是一个鸡腿，让我感动不已。

租房子遇上好房东是幸运的事情，母亲很为我高兴，说要给姚阿姨做两双千层底的布鞋。我说城里人不穿布鞋只穿皮鞋。

今天上班，传达室有我的邮包，打开看居然是两双千层底棉布鞋。下班后我把布鞋送给姚阿姨，她穿上后啧啧不已：“哎呀，你妈妈怎么知道我是三十六码的脚！这鞋又舒服又轻巧。你妈妈好人有好命啊。”

是啊，母亲是个好人，总怀着一颗感恩的心，甚至谁对她的儿子有滴水之恩，都恨不得涌泉相报。往事如烟，却历历在目。

大一，班上一个长沙本地的罗同学和我关系要好，常带我去他家吃饭，他父母对我也很热情。后来母亲托亲戚捎来一桶自己家里榨的茶油，让我送给罗伯母。母亲说家里吃菜籽油就行了。

大二，系里的张教授对我很照顾，母亲知道后寄了三十斤花生过来感谢张教授。她说张教授多辛苦啊，要多吃花生补血，我和你爸少吃一点没关系。

大四临毕业，同学聚餐比较多，经常有同学请我吃饭。母亲说哪能老吃别人的饭，你也要回请别人才行，第二天便寄来了八百块钱。

记得大学同学对我的评价是：重感情，讲义气，不欠人情。是的，我不欠谁的人情，那是因为并不富裕的老父老母都帮我还了。吃别人一个苹果也要感动半天的我却从没给母亲买过一件衣服！突然觉得心如刀绞，仿佛要绞出我西装下的虚伪。

人啊，当你在接受别人的恩惠而感激涕零时；当你被所谓的上等人看得起而受宠若惊时；当你在人情往来的饭局上“感情深，一口闷”时；当你受领导栽培而尊其为再生父母时；你是否记得亲生父母的生日？多少人在涌泉相报着滴水之恩，却丢失了难报三春晖的寸草之心。要知道，天底下最大的恩惠是父母如山似海的生养之恩，最大的人情是父母无微不至的抚育之情啊！

我默默地拿出手机，拨通家里的电话。母亲一如既往地啰嗦："儿子，你身体还好吗？不要去外面饭店乱吃东西，要多吃蔬菜少吃鸡鸭，现在到处有禽流感呢。"我突然觉得作为儿子能经常听到母亲的啰嗦，是多么幸福啊！母亲说了几句话就意识到电话费的昂贵，急着要挂电话。

"等一下。妈妈，我爱你。"我对着手机大声说，用力地捂住鼻子不让泪水流下来。

母亲愣了几秒钟，语气突然变得很严肃："这个话是以后对你老婆讲的，快收回去留起来。"话已出口难道也可以收回来留得住吗？我被母亲的幽默逗乐了，笑得鼻涕眼泪一把抓。

挂了电话我冲出门，打了部的士直奔火车站，我要回家，给爸爸妈妈一个惊喜！

火车开动的时候，我打电话让同事帮我请假，同事问我是不是有很重要的急事。我说是的，非常急，一秒钟都不能耽搁。

世界上最急人的事情就是"子欲养而亲不待"啊，母亲在一天天老去，还有什么比趁母亲在世多陪陪她老人家更急更重要的事情呢？火车奔驰着，我靠着椅背睡去，梦见了母亲开门迎我，一脸慈祥。

阳台上的母亲

◎ 西冷禅

这么些年来，在我心目中，母亲简直就是家的一部分。我炊烟般袅袅升起的乡愁，最浓郁最无法割舍的一缕是属于母亲的。从 18 岁开始，我就多了一重古典气息浓郁的身份：游子。但在现实中，这种身份简直决定了一个人的命运：断线的风筝？无根的浮萍？抑或四海为家的流云？母亲是游子精神上的家。而家对于我，相当于被放大了的母亲的概念，在远远的一扇窗口里做饭、晾洗衣物并且思念着她的孩子。这种时空无法阻隔的心灵感应，该算是一生中永不消逝的电波吧。

我 18 岁那年，母亲骄傲地用她的私房钱排队买了火车票，交到我手里——我就这样展开了求学、求职、婚嫁的个人生涯。上大学的那天母亲到车站送我，她帮我提行李走在前面，我背着书包走在后面。当时的我已经高出她半头了，在熙熙攘攘的人群中，我看到她有些吃力的背影，不时地回头看我是否跟上来。猛地一个浪潮，在我的心里涌了一下。母亲给我把行李放好后，两手扑着身上的灰尘显得很轻松的样子。她嘱咐我路上小心，注意身上的钱。我回答说，没事，你回去吧。她然后说，我站一会儿，等车开了我再走。坐在高高的车上我发现站在窗外的母亲是那么的瘦小，微风吹着她的发丝向一边摆去，瘦瘦的脸颊上微微地笑着。汽笛一声长鸣，我的心顿时沉重下来。突然，她喊着我说，到了那边记得打个电话，我和你爸盼着呢。我哽咽着边回答边点头。车开动了，我挥着手，喊着："娘，你快回去吧!"她只是点点头。车驶出很远了，我回头看，她还站在原地张望着这边。我回忆当时母亲站在窗外的情景，我明白母亲当时微笑的脸庞不只是有高兴还包含有许多难以诉说的酸楚。母亲当时预料不到，她对世界的这次慷慨，构成她终生恐怕都将追悔的过错：我从此便被她无意识地移交给世界，而不再属于她。她已经付出，还将继续付出漫无涯际的失眠、泪水、挂念，来承担世界对一个平凡的母亲的掠夺。我离开家已经十几年了，愈行愈远，留给母亲的，永远只是背影。

每逢放假，我都要回家探望母亲，又要在她刚刚重新熟悉我或我的现况之前离去，这是很残酷的。我与母亲之间发生过许多次匆促的离别，但只有前面提到的那次是最难忘的。从18岁以后，都可以算做与母亲的一次漫长的离别。而18岁，

只是这一次漫长的离别的开始。唉，思念母亲的时候，真想光速般回到她眼前，当然，这肯定也是母亲的愿望，甚至堪称我苍老的母亲对生活最奢侈的要求。我太了解她了。从 18 岁以后，我享受到的母爱和回报母亲的孝敬，同样是残缺的，游子的天空没有满月。谁也看不见谁，谁也听不见谁的声音，谁也不知道对方正在想些什么或做些什么——我与母亲简直像生活在两个世界，或两种时空。每次回家看望父母亲，总发现母亲老了许多：前年是皱纹多了，去年是头发白了，今年是牙齿掉了……顿时有天上一日、人间一年的恍惚感。触目惊心。我简直不敢如此想象下去。于是转而安慰自己：母亲健在就是一种幸福。虽然天各一方，她的心跳无时无刻不在震撼我的耳膜。就像冬天的鸟怀念远处的树巢——母亲的音容笑貌是我流浪生涯中最隐晦最柔韧的寄托。母亲无论居住在哪里，哪里都是我的家。游子的心里供奉着一枚隐形的磁针。

母亲来信，总是很短很短。这些年我一直出门在外，除了每年一两次假期外，其余的时间只能靠书信与家中保持联系。现在好点了，电话、手机相继普及，可以随时联系。可是母亲还是习惯与儿女们书信联系，仿佛成为惯例了，收到的家书一般都是父亲执笔，而由母亲在信末附上几句话。母亲的字体一生未有大的变化，横平竖直，纤巧紧凑，一笔一画都保留着女中学生的风格。

母亲的爱是细致而不无担忧的，总是敏感于我写信间隔太长，“是否生病或发生什么事了？”她每每不厌其烦的探询实则载荷着太深的挂念。我没想象过母亲接到孩子信的心情，但母亲自己说她常常是读了一遍又一遍，直到眼泪流了出来。我自小大大咧咧惯了，有时把写家信当做应付差事，潦草完成，有时事务一多就疏忘了这茬，白惹母亲担心了无数次。念及自己居然不懂得回报母亲，真觉得是太吝啬了——和那份深厚似海的母爱相比。

天气刚刚转冷，母亲信中就流露出喜悦的成分，因为我寒假总要回老家过年的（哪怕这是好几个月以后的事）。同时嘱咐我别忘了加件毛衣，以防感冒。

有一次平淡地拆开信，一张小画卡掉出来。我才想起今天是我的生日。也许所有母亲确实比儿女更深刻地记得那一天，它是儿女生命的起点，更是母爱随之诞生的日子。母亲啊母亲，从此开始了她的养育、守望、担忧、欣慰以及对离别的畏惧。这是一段多么漫长、艰辛而又多么伟大的历程啊！对于成熟了的儿女来说，母亲只是她生活的一部分。但对于衰老了的母亲来说，儿女却接近于她生活的全部。

母亲越老，精神上就越脆弱。以前离别，无论刮风下雨，她坚持要送我到火车站，我一次次地目睹过她站在月台上挥手的身影从缓缓移动的车窗里消失——就像不断重演的神圣仪式。记不清从哪一年开始，她改为在家中的阳台上目送我。她说每次离别对于她都是不小的打击，每次我走后她都要流好半

天的泪，这几年越来越觉得有点承受不了，要过好几天才能恢复过来。我提着行李箱走到拐弯的丁字路口，下意识地回头，发现母亲瘦弱的身影凄楚地倚在二楼阳台上（像被世界遗弃了一样孤独），我知道自己又留给她一年的痛苦。那一瞬间我真想抛掉箱子飞跑回去再拥抱她一次，或索性永不离开。可我只能故作超脱地向她招一招手，然后就不可阻止地从她视野里消失了。在异乡想起母亲，头脑中总浮现出这同一幅画面，仿佛她自始至终都伫立在家的阳台上，一分钟都不曾离开。同样，母亲思念我时，也会反复咀嚼我的背影，我高耸起衣领逆风而行的背影留给她的是苦涩的滋味吧？

一次次迎面走来，又一次次转身离去——这就是母亲眼中的我。是谁在折磨这个平凡、善良而无辜的老人——是我还是命运？阳台上的母亲，你别再流泪了。企盼中的母亲，你别再衰老了。请你一定站在原地，别动，等我回来。千万别动啊。没有了你，家将不再是原先的家——这是我最不能允许发生的事情。母亲，请你站在阳台等我，千万不要离开。

晒被子的窗口

◎张 鹰

晒被子的窗口，如同最早迎候远归人的故里的灯火，如同慈母手中的长线，时时会进入我们思乡的梦中。

有太阳的冬日，我们家的窗口总是挂满了被子，花花绿绿的生动色彩，给我们一种暖洋洋的感觉。无论我们外出多远，多长时间，回家时只要看到窗口晒着被子，我们就知道母亲一定在家，一定做好了香喷喷的饭菜等我们。后来造成条件反射，只要走进院子的大门，就不由自主去看自家的窗口，只要看到窗口晒着被子，心里就生出一片激动。

窗口的被子就像消息树，早早地让外出的孩子知道母亲的动向，给人一片宁静、一缕醇香。

后来，我嫁了个同在铁路上班的丈夫，他上班乘火车，我要乘渡轮，每天黑进黑出，根本没有时间晒被子。母亲便主动承担了这个任务，一点阳光也不浪费。晚上，劳累了一天的我们，钻进暄腾腾的被窝，闻着太阳的味道，酣然入梦，好梦连连。

母亲中风以后，老爸就成了她的接班人。我们回家看望母亲，只要看到窗口晒着被子，就知道父亲健康着，母亲恢复着，心里就会有一种踏实感。

有一天，我因突发的出差任务，回家整理行装，意外地发现父母都在我家的阳台，母亲一只手拉着被角，竭力往窗台上送，那中风过后恢复阶段的木讷的脸毫无表情。但奇怪的是，当被子沐浴在金色的阳光下时，她那僵硬的表情竟出现了一丝柔情，她是不是想到她的女儿喜欢太阳的味道？我只觉热辣辣的东西涌上心口，涌出眼眶。

母亲的心事，何其美妙的东西。你有时几乎看不见，听不出，摸不着，但却能感受得到。它是一种慈祥、仁厚、温柔和爱的结晶，它坚强有力，它与美丽并存，怎不叫人心里腾起对母亲的感恩！

从没想过我会比母亲更“贪婪”，晒的被子更多更勤，因为我知道紫外线可以消毒灭菌，因为我的老爸、先生和儿子都喜欢有太阳香味的被窝；从没有想过我会在太阳淡下去的时候，把被子拍得“砰砰”作响，而今却是我的专长。

母爱如蚕儿吐丝，纵横交错，丝丝缕缕，倾其所有，代代相传。前天，儿子对我说：“老妈，今天我忘带钥匙了，真急得慌，可看到我家窗口晒着被子，我就知道你在家，这个信号很温暖。”

我怦然心动，儿子的感觉竟与我相同。是啊，自家窗口晒着被子，那真是暖人的信号，因为爱家、爱亲人的女人才喜欢晒被子；因为窗口晒着被子，你的亲人肯定在家守望着你；因为和睦、安宁的人家才喜欢晒被子。

窗口的被子表面上看似乎与爱无关，然而，其内容和本质的指向都朝着爱。包裹在太阳味道的被窝里，那种亲热和亲近，那种紧紧揽在臂弯里的家的感受，那馨人的暖意，会深深契入记忆，契入到未来的远行，以至无论走多远，无论在哪一个角落，只要记忆勾起，身上就会涌起暖洋洋的快意。

一个德国母亲的四个教育细节

阿 文

玩游戏也要节约子弹

我租住的是一栋三层小楼，房东名叫玛丽，是个寡妇，一个人带着儿子约翰尼生活。一天，我到玛丽房间交房租，看到约翰尼正热火朝天地坐在电脑前玩射击游戏。玛丽好像对此并不反对，一边和我聊天，一边关注着“前线”的战况，及时为约翰尼颁布口头嘉奖令。

在妈妈的鼓励下，小家伙越战越勇，捷报频传：报告妈妈，我又过了一关！报告妈妈，我换装备了！就在这时，玛丽突然对儿子叫道：“约翰尼将军，请马上停止战斗！”约翰尼马上按下暂停键将游戏定格，扭过头来一脸迷茫地望着妈妈。我也十分不解，只见玛丽脸上毫无笑容、严肃地说：“刚才那架飞机，明明一枚导弹就能将它击落，你为什么要用 3 枚导

弹？你知道一枚导弹的价格是多少？至少 300 万马克！你知道现在世界上还有多少人饿着肚子等待救济？你……”

约翰尼的脸涨得通红，泪水在眼眶里直打转，眼看就要大哭起来，可妈妈丝毫没有妥协的意思。我连忙说这只是游戏而已，不必那么认真。“打游戏也要节约子弹。”玛丽根本不买我的账，一直到约翰尼低头认错并且保证以后打游戏不再浪费时才善罢甘休。

这件事给我留下了很深的印象。原以为只有我们中国人才重视孩子的成长教育，现在看来并非如此。正如台湾著名企业家喻世伟先生所说的那样，在欧美一些发达国家，父母为了培养和锻炼孩子，往往抓住孩子生活中的过失，随时随地进行教育，决不姑息和迁就，因为他们的教育针对性强，很少空谈大道理，所以往往更具实效。

爱心比金钱更重要

有段时间，约翰尼对中国的毛笔书法产生了兴趣，天天求我教他写毛笔字。我自然不愿放过这个弘扬中国传统文化的机会，于是欣然答应。这天下午我和玛丽带他到一家华人开的书店去买宣纸和毛笔，刚走到街头，就见到一位乞丐蹲在街角正对着约翰尼笑。约翰尼犹豫着掏出口袋里的钱，对妈妈说：“妈妈，我想把买笔的钱送给这位叔叔。”还没等玛丽说话，我连忙抓住他的小手说：“别这样，约翰尼，这些人都是骗子。”约翰尼疑惑地望了我一眼，轻轻挣脱我的手，继续对母亲说：

“妈妈——”还没等他说完，玛丽就微笑着鼓励道：“去吧，约翰尼，你让妈妈感到骄傲。”

望着孩子的背影，我忙将自己在国内的种种被骗经历告诉玛丽。玛丽一直很认真地听着我的话，等我说完了，只见她对我抱歉地一笑，说：“谢谢你的提醒，但我认为约翰尼的想法应该得到鼓励。正如你所说的那样，有很多乞丐好吃懒做，专门装出一副可怜相骗取大家的同情，可是如果我们禁止约翰尼这样做，他就会错误地认为人与人之间是自私和冷漠无情的，毕竟，爱心比金钱更重要。”

约翰尼的劳动节

每到星期六和星期天下午，约翰尼都要自己带着拖把、抹布等劳动工具在楼道打扫卫生，从不间断。在国内时经常听说欧美国家的很多孩子为了挣零花钱，常常为自己的父母或别人打工。我以为约翰尼也是如此，可一问才知道约翰尼这样做完全是义务劳动。这让我既惊讶又感到迷惑不解，顺便说一下，“约翰尼将军”只有九岁多一点，左脚有点跛。平时空手上下楼都不大方便，拖着重重的劳动工具更是摇摇晃晃举步维艰，每次都累得面红耳赤气喘吁吁，让人于心不忍。可他偏偏拒绝任何人帮忙，生怕别人把他的“美差”抢走似的。天下哪有这么狠心的母亲，请一个清洁工不就完了吗，干吗非要这么为难自己的儿子呢？

有一天我终于忍不住去找玛丽理论，谁知玛丽的一番话让我佩服得五体投地。作为母亲她当然最明白儿子行动的不便和劳动的艰难，但决不能去帮他，否则会让孩子的心灵受到伤害。因为他宁愿自己困难也不愿别人因为脚跛而可怜自己。现代社会，人与人之间的竞争越来越激烈，约翰尼因为脚跛，会失去很多优势，因此必须磨炼自己的意志，培养百折不挠、不怕失败、不怕困难的精神。而且，打扫卫生的任务还是他自己主动申请的，没有人要求他这样做。他还将这两天定为自己的劳动节呢！

玛丽的语气很平淡，可是我却久久不能平静。我想起我们中国的那些小皇帝们，衣来伸手饭来张口，父母稍微照顾不周就大吵大闹，很多孩子读到高中了却仍然让父母为自己洗内裤洗袜子，相比之下真是令人既担心又汗颜。更可贵的是，约翰尼义务劳动既无老师命令也无家长要求，纯粹出于自愿，非但如此，还别出心裁地将周六周日作为自己的劳动节，可见是真正以劳动为乐，绝非心血来潮、沽名钓誉，而这得需要玛丽多少潜移默化的教育啊。想起在国内时，作为一名小学教师的我，为了培养学生从小爱劳动的习惯，经常以家庭作业的形式要求学生在公共场所义务打扫卫生，并且要家长签字。可结果如何呢，不但一些学生敷衍塞责、草草打扫应付了事，就连很多家长也是表面赞同内心不以为然，说我多事。

就在那一刻，我突然明白了为什么两次世界大战后，作为战败国的德国都能克服重重困难再度迅速崛起，同时我的眼前似乎有无数奔驰车呼啸而过，耳边似乎传来世界杯赛场上德国队横扫千军的呐喊！有这样自强不息的民族精神，德国的繁荣和强大是理所当然的事。

那一夜，我失眠了……

八点四十一分

有一次玛丽和我约好礼拜六去市政厅广场玩，临出发时玛丽突然接到一个朋友的电话，请她帮忙查阅一些资料，然后再用传真发过去。没办法，玛丽只好请我带着约翰尼先走，说好八点四十分在市政厅广场东边第二个长椅处会合。

我带着约翰尼到广场后，一看已经是八点二十分了，心想查阅资料那么麻烦，玛丽肯定不能准时来了，于是便和约翰尼痛痛快快地到处游玩起来。过了一会儿，我看了一下表，八点四十分，回头向马路上望去，只见玛丽正一路小跑往这边赶。我心里好笑，干吗那么着急呢！这不正好嘛！这么想着，也领着约翰尼向第二个长椅走去。

这时玛丽也跑到了我们面前，只见她两腮通红，额头挂满了汗珠，气喘吁吁地对我们说：“上帝保佑，总算没迟到。”说完抬腕看了一下表，这一看不打紧，只听她啊的一声尖叫，我心里一惊，心想难道她有什么重要的事忘记了？正琢磨，见玛丽深深地给我和约翰尼鞠了个躬，充满歉意地说：“真对不起，到底还是迟到了一分钟。”我看了一下表，分针刚刚移到八点四十一分的位置，心想这有什么呀，不就一分钟嘛！于是

就很随意地说："没关系，一分钟而已。"可是玛丽并不放过自己，仿佛犯了什么天大的错误似的，连声向我们道歉，直到我假装要生气了才罢休。

这件事给我很深的印象。怪不得以前听人说德国人的时间观念非常强，做什么事说好什么时间就什么时间，就像瑞士的钟表一样准。由此看来，果真如此。我突然又想到，玛丽今天的行为绝不是为了教育孩子或故意做给我看的，而是发自内心的习惯性行为，这将会在孩子心中产生多么大的影响啊！我们常说言传不如身教，其身正，不令而行，身不正，虽令不行。作为教育者如果只口头要求自己的学生和孩子这样做那样做，而自己却不给孩子树立榜样，怎么会让孩子服气呢！

俺娘

◎ 高艳哲

九月初九，重阳节，娘腰椎间盘突出，疼痛难忍，一夜未睡，爸说娘疼得都哭了。第二天，爸非让娘到县城来看病，可娘死活不来，娘说，他们上班都忙，去了怪麻烦的。娘说到杨南召什（离我村八里）吧。这都是爸在我一月以后回家时无意中告诉我的。

我不知道天下的爹娘是不是都像我的爹娘一样一生总为儿女着想，可我知道娘生病之时，当是儿尽孝之日。当我在写这些文字时，我的儿子在背三字经，“父母恩，夫妇顺……”稚嫩的、无邪的童声敲在我的心上。娘是个手里没活儿就心慌的人，她总闲不住，农忙时难得见她一面，地里没活儿了，她又给大人孩子做鞋，一针针，一线线，密密的针脚，做出来的鞋，穿在脚上，暖在心里。其实，去年她的眼就花了，可儿子的脚疯了似的长，常常是，刚刚精心做好的鞋，没过三个月，鞋子就穿不下了。娘就又赶紧做一双，鞋的大小总是刚刚好。三年了，儿子一直穿娘做的鞋，每一个看到鞋的人几乎都说娘鞋做得真好。

已经有好长时间没有回家了，上次回家，儿子感冒了，我一个人骑车回家（从县城到家得四十里）。回家后，我问娘腰椎还疼不，娘在说自己的病时，始终微笑着，总说没事没事，不碍事。是呀，我又能说些什么呢。

娘平静地叙述，始终微笑着，我微笑着回答，心却如刀绞一般，娘，那一夜您的痛我也能体验到。娘愈微笑我心愈痛！心愈痛我愈微笑。

原来，我们都在互相遮挡着，把痛苦掩藏。

第二天，在我执意哀求下，娘到县城治疗了，每天做四个小时牵引，而每次竟都是她自己去，我只陪她去过一回，娘说你忙去吧不碍事的。娘来的几周，我还是忙。

夜深了，在百度输入“腰椎间盘突出病因”，几个字在不断的在我眼前闪现“久坐”“劳累”。我明白了，娘的病，是累的，是我们累的。

关上电脑，回到睡觉的屋子，忘了给娘关灯了，去关灯时，娘睡着了，蜷着身子，像个孩子。是我们大了，还是娘老了？

突然间，读懂了两个字——恩泽。

有一种爱不能等待

◎ 佚 名

守寡十多年的母亲，终于把他养大。他对天盟誓，一定要出人头地，让妈妈过上滋润的日子。

十几年的南洋打拼，他终于有了自己的公司，积累了数百万元的资产，成了阔老板。于是，他为母亲买了两室一厅的住房，雇了保姆，每月还会风雨无阻地奉上不菲的养老钱。可随着为母亲物质供应的不断丰盈，他回家的次数却与日递减。

星期天，他驾着自己的私家车去旅游山庄，与商圈的朋友聚会。车刚开出市区，手机就响个不停，那端传来母亲那苍老而又亲切的声音："今天是妈妈的生日，你能回来吗？礼物只需要妈最喜欢的康乃馨。"他说："我已经与商圈的朋友有约在先，你怎么不早说？你的生日我改天再补好吗？我会买好多好多礼物的。"妈说："你忙你忙，行啊行啊！"

他把车停靠在一个不算大的花店前，精心选了十束水灵灵的康乃馨，又递上五百元钱，请花店老板把这些为母亲送去，表达对老人家的生日祝福。

十束康乃馨不过几十元，外加十几元的打车费，总计花费不到百元，这笔生意的赚头可谓丰厚。可花店的老板却没有应允："先生，我真的不敢从命，因为我怕你因错过而后悔，而天下买不到的就是后悔药……"

言毕，花店老板领他来到花店深处的一个房间里，南墙中央挂着一位并不算苍老的女人的照片，下方摆着一束嫩嫩的康乃馨。花店老板说，那女人就是他的母亲，那花是母亲一生的最爱，也是他一生无法挽回的最痛。

十年前那个西北风卷起千堆雪的日子，是母亲的生日。当时还是木器店老板的他特意买了一束妈最喜欢的康乃馨，可由于打理生意，当天他没有来得及为母亲送上这份生日礼物。第二天，等他赶回家中时，母亲已经躺在医院的太平间里，是突发性脑溢血。

一束迟到的康乃馨，让木器店老板改行做起了花店老板。他说，开花店只是为了每天给母亲献上一束最鲜最嫩的康乃馨，每天都来弥补心中不孝的愧疚。

听了花店老板的讲述，他的两行热泪扑簌而落。他从十束康乃馨中选出一枝，小心翼翼地放入车中，掉头驱车向母亲的家中奔去……

无“时差”的母亲

◎明 云

自从父亲中年病故，家里所有的重担就压在母亲一个人身上。

母亲没有正式工作，靠打工维持生计。母亲的工作很不固定，营业员、保管员、保安、清洁工什么都干。有段日子，母亲一下打了两份工，白天干钟点工，晚上去医院照顾病人。没日没夜地干，无序的时差让母亲日渐消瘦。

儿子望着母亲，在心里默默地发誓：我一定要争气，等有了出息，让母亲过上轻松幸福的生活。

孩子没有辜负母亲的期望，终于以优异的成绩考取一所重点大学。接到通知书那天，母亲激动得像个孩子，拿出存折，八万，母亲竟然存了八万！每一分钱都是母亲从不断地“倒时差”中赚来的。

除了努力，没有更好的方法报答母亲！大学四年，儿子潜心读书，以优异成绩考入美国一所大学，不过昂贵的学费让他望而却步。母亲再次成了他的救星。不用说，又是母亲“倒时差”挣来的。儿子只能自我安慰，总算“出头”了。绝不会再让母亲受累。

儿子总算成了自立的男子汉，一边攻读硕士，一边打工。后来，儿子留在了美国。他切身体会到母亲的辛苦。他下班，回到住处，倒头就睡。一天夜里，电话响了，是母亲打来的，他睡意朦胧地问：“妈，几点了？”母亲：“中午1点。”儿子突然清醒了：“妈，您怎么这么糊涂，我不是跟您说过吗，美国和中国时差是13个钟头，美国现在是夜里，我累死了，才睡一会儿！”儿子挂断了电话。

后来，儿子经常是中午或傍晚接到母亲的电话。可儿子不知道，母亲每次准备打电话那天都是白天睡会儿，晚上熬夜。一次，儿子问：“妈，您怎么还没睡？”母亲说：“妈刚看完电视剧，马上睡！”

为了儿子，为了那份牵挂，母亲仍在“倒时差”！

母亲守点

◎ 大刘

我上床的时候是晚上 11 点，窗户外面下着小雪。我缩到被子里面，拿起闹钟，发现闹钟停了——我忘买电池了。天这么冷，我不愿意再起来。我就给妈妈打了个长途电话：

“妈，我闹钟没电池了，明天还要去公司开会，要赶早，你六点的时候给我个电话叫我起床吧。”妈妈在那头的声音有点哑，可能已经睡了，她说：“好，乖。”

电话响的时候我在做一个美梦，外面的天黑黑的。妈妈在那边说：“小桔你快起床，今天要开会的。”我抬手看表，才五点四十。我不耐烦地叫起来，“我不是叫你六点吗？我还想多睡一会儿呢，被你搅了！”妈妈在那头突然不说话了，我挂了电话。

起来梳洗好，出门。天气真冷啊，漫天的雪，天地间茫茫一片。公车站台上我不停地跺着脚。周围黑漆漆的，我旁边却站着两个白发苍苍的老人。我听着老先生对老太太说："你看你一晚都没有睡好，早几个小时就开始催我了，现在等这么久。"

是啊，第一趟班车还要五分钟才来呢。终于车来了，我上车。开车的是一位很年轻的小伙子，他等我上车之后就轰轰地把车开走了。我说："喂，司机，下面还有两位老人呢，天气这么冷，人家等了很久，你怎么不等他们上车就开车?"

那个小伙子很神气地说："没关系的，那是我爸爸妈妈！今天是我第一天开公交，他们来看我的！"

我突然哭了，我看到爸爸发来的短消息："女儿，是妈妈不好，她一直没有睡好，很早就醒了，担心你会迟到。"

忽然想起一句犹太人的谚语：父亲给儿子东西的时候，儿子笑了。儿子给父亲东西的时候，父亲哭了。

笑的时候

罗蕾莱

我妈对我的容貌不甚满意。

我自小，她就举证给我看，她指着我们五口之家的他们四个成员，爸妈和爸妈标准的枝干上长出来的两枝标准分杈——我哥和我姐，说："我们怎么笑，也绝不可能露出牙花子。"然后他们真的一起笑，个个玉齿生辉，照亮了我家的蓬壁。

我那时不懂遗传基因突变什么的，也不会辩解花是枝干的奇葩。为了更像第三根标准分杈，我学会了模糊照镜法，类似今天 PS 工具里的滤镜手法。每次想看自己笑，我先向镜子呵气数秒，然后对着里面的模糊美人大嘴一咧，里面的人白里透红，连雀斑都不见了，真令人心旷神怡。

所以我比较喜欢毛玻璃或不擦的镜子。但我从此有了顽固的后遗症：避免与他们四个一起笑。人穷志不短，我思辨他们的笑，表情变得越来越肃穆深刻。

直至我妈从对我容貌的忧虑变成了对我表情的忧虑，一次听见她悄悄对爸说：“这个孩子会不会抱错了？”

我爸：“？”

“她和那两个都不一样，她太认真，一点儿也不随和。”

——抱错确实是有机会的。我出生五个月，即被送回重庆。起因是，某日，家长不在，我哥为我冲炼乳时将整碗精华冲出碗外徒余清水在碗中——如今我觉得这事是为七岁的我哥进行力学启蒙的绝佳机会，可是我妈当机立断对无辜的我作出了判决：遣送回原籍。此后的三年很长，但抱走一个孩子几秒就够了。

当我再见到我妈的时候，我面墙而立撅着嘴，给了她一个拥抱不能糖果不能移的背影儿。我妈说她一直不明白，为什么送去的是个胖丫头还回来是个毛猴子！这两岸猿声啼不住的地方！

我妈妈画画儿思维，看电视的时候，她常会说：你看这个人像不像某某某？并且一直不懈地、甚至违背事实地从别人脸上寻找我可能成为美女的苗头：十岁时像吴海燕，十二岁时像龚雪，到了十五岁时，有人说我像当年塑料年历上富士山下那个小女孩，她竟然全都不顾客观规律地接受了！

天下的母爱是“我爱真理但我更爱你”的一种爱。但我看这些人，没有一个笑的时候有令人耿耿于怀的牙花。

如此多年，缺陷像是漂泊的孤儿，四处寻找与它相近的亲人。我同事中有个迷人的曼姑娘，她笑时比我更需要滤镜工具，可是大家都说：“多大方啊，她唯有这样才更性感！”梨长得像十七岁时的TERESA，她笑的时候也露牙花儿，可是大家说：“多可爱啊，这才显得她的孩子气。”海笑的时候胖胖的脸上闪出一对酒窝，还有一排牙花儿，可是大家说：“多自然啊，这正是厚道质朴的本色。”

我信心大增，奔向久违的镜子，笑，微笑，大笑——难道是法乎上而取乎中的高标准严要求的结果吗？不良脸部信息被和谐掉了——我的牙花子不见了！

我妈以为我牙痛在找洞，说：“如果你不这么呲牙咧嘴做怪样儿，你笑的样子，越来越像我了。”

给孩子平反就是妈一句话的事情哦。

我的妈妈从来不笑

◘ 含笑花

女儿的学校发来一张通告，说今年邀请妈妈们参加分享会(类似座谈会)，听听孩子们怎样评价自己的妈妈，这倒是一个新鲜的话题。于是，那天晚上我带着女儿兴致勃勃地去了。

由于这是一所女校，从校长到校工都是清一色的女性。那些孩子一个接一个上台演讲，内容大致是妈妈平时如何关心我，帮助我的学业，料理我的日常生活等等，最后大多孩子都会说："有这样的妈妈，我太幸福了。"千篇一律的讲辞，有些妈妈也频频看表，大家都心不在焉起来。

这时，走上台的是一位五年级的学生，她鞠了一躬，开口说："我的妈妈从来不笑。"

"哗"，台下一片哄笑，我心想：该是这位妈妈平时管教得太严厉，女儿上来揭短了。

“她对我的事从来不闻不问。”这时，台下的骚动平静下来，大家等着静听下文。

“我一星期只能见到她一次，可她从来不跟我打招呼。”

台下又有一阵轻微的骚动。

“因为她是一个植物人。在我五岁那年，我妈妈遇上了车祸，从此躺在了床上，没有看过我一眼。我叫她，她不会答应我；我亲她，她也不会报以微笑；我大声读出自己优异的成绩，她也毫无反应。我不敢相信，这是曾经陪我玩滑梯，捉迷藏，晚上搂着我讲故事的妈妈。”

台下有人悄悄掏出了纸巾。

“我要上学，所以不能每天都去医院，只能在星期天跟爸爸一起去，可是我的爸爸却每天都去，他为妈妈按摩，为她擦身，还把我在学校的事情告诉她。自从妈妈住在医院以后，我和爸爸相依为命，以前妈妈做的事，现在全由爸爸来做，爸爸现在做的菜，虽然没有妈妈以前做得那么好，可是已经很有进步了。”

台下开始有了零星的笑声，听得出，那是啜泣后的笑声。

“前几天，我从电视上看到美国的植物人被拔插管的消息，我害怕极了，我问爸爸：妈妈会不会死？爸爸说，妈妈不会，妈妈其实知道我们爱她，她什么都知道。”

台下的妈妈们都开始呜咽起来。

“爸爸，请你明天告诉妈妈，今天我在这里向所有的人说：

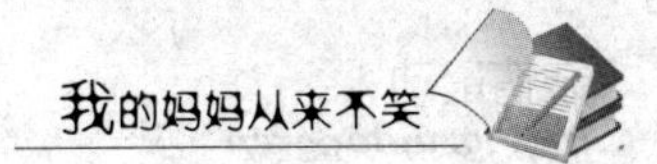

我爱她。”

我们每个人透着泪水模糊的双眼，找到了坐在最后一排的唯一男士。他已经双眼通红，报以羞怯的一笑。

台下响起了掌声。

一粒沙的距离

张祖文

玛格丽特和女儿丽莎，已经有五年没有说话了。

这种情况，最初是出现在玛格丽特和丈夫离婚的时候。那时，丽莎才刚满十五岁，还只是一个不谙世事的小姑娘。丽莎在父母离婚时，坚决地站在了父亲的一方。此后，虽然和母亲还是生活在一个小镇里，并且时常都要见面，但却再也没有和母亲说过一句话。

玛格丽特开始时很难过。她想尽了各种办法，试图和丽莎搞好关系。但丽莎见了她，从此就形同路人。有时甚至在走过母亲的面前时，也装着不认识。这让玛格丽特感到非常的心酸。但无论如何，她都还是努力去接近丽莎，即使在自己和丈夫离婚五年后，丽莎已经长大成人，也依然如此。

但丽莎在见到她时，却还是五年前离开她时的那副表情。

那是一副怎么样的表情啊。玛格丽特每每一想起那天丽莎推着丈夫的轮椅离开自己时的情景，心里就不由得一阵阵的悸动。每次一想起来，她就会流下无声的泪。那时的丽莎，仿佛在一夜之间就成熟了，长大成了一个让人看着都心疼的姑娘。当时，她坚决而又果断地推着她父亲的轮椅，然后定定地在玛格丽特的面前站了足足有五分钟，并且用那双明显和她的年龄不相称的眼睛发出冷冷的寒光看着她，整个眼眶在那几分钟的对视中竟然都是一动不动，眼神中透露出来的，全都是一种鄙视和冷漠，然后，直到玛格丽特自己都感觉有点心虚并低下头的时候，她就毅然用力地推动了父亲的轮椅，之后就义无反顾地走了出去，再也不曾回过她母亲所住的那个地方。

自从丽莎和她的父亲走了以后，玛格丽特就一直担心不已。当然，她并不是为他们的生活担忧。她的后一任丈夫已经按她婚前的要求，给了她一笔不菲的钱，而她，则在刚拿到这笔钱的时候，就已经把它存入了以丽莎父亲名字开的银行户头。她的继任丈夫已经追了她好多年，甚至在她第一次结婚之前，就已经在追她了。不过，以前她都一直没有答应。但自从丽莎的父亲遇到矿难并失去了双腿，丧失了说话能力和生活能力之后，她就马上答应了他并在很短的时间内闪电再婚。

但玛格丽特却还是不想失去丽莎这个女儿。

她想尽一切办法，和女儿拉近关系。不过，所有的努力看起来都有点白费，最后连玛格丽特自己都心灰意冷了。

一天，小镇里有一个人举行婚礼，邀请了玛格丽特。玛格丽特去了。但一去，让她惊讶的是，邀请她的新郎身边站着的穿着洁白婚礼服的人，竟是自己的女儿丽莎。

她一下就觉得头有点懵了。

她没有想到，女儿恨她竟恨到了这种地步，连自己举行婚礼都不事先告诉她，而是由新郎出面请她来。她知道，这是丽莎对自己的一种报复，是为了让做母亲的伤透心。试想一下，谁能在去参加一个婚礼时，发现结婚的人竟是自己最亲的一个人，那将是一种什么样的感受？

整个婚礼，玛格丽特感觉自己的头都是晕的。

当婚礼进行曲奏响时，美丽的丽莎拖着白色的婚礼服，在新郎的搀扶下，走过了玛格丽特的面前。玛格丽特亲眼看到，丽莎在经过她的面前时，还是用那么一副冷漠而又鄙视的眼神看着她！玛格丽特感觉自己的眼睛一下就看不清东西了。她使劲地揉了揉自己的眼，揉出来的，却是一串一串的泪！

她使劲地揉着，她揉了好长的时间，觉得自己的眼皮都被揉肿了，却都无济于事。她努力想睁开眼，却还是不行。这时，她突然感觉到有一双温暖的手，放在了她的额头上，这双手先迟疑了一下，然后就缓缓往下，盖在了她的眼皮上，然后柔柔地揉着她的双眼。

她感觉自己的眼睛一下就好了。她睁开了眼，她看到，是穿着美丽婚礼服的女儿，正在面对面地看着她，并帮她揉着眼睛。

她一下就泪如滂沱，一把就抱住了女儿，泣不成声。

全场立即响起了一片热烈的掌声。包括新郎。因为小镇上所有的人，都知道这对母女以前的关系。

玛格丽特在掌声中抱住女儿，哽咽着说，谢谢你，丽莎，谢谢你终于原谅了妈妈！我还认为你一辈子都不会原谅我了呢。

丽莎则伸出手，擦了擦玛格丽特的泪眼，说，其实我开始也并不想原谅你的。但你没有想到，就在我走到你的面前时，你的泪，就那么汹涌地流了下来！你的泪流下来的那一刻，我的心，竟马上就软了！原有的报复心一下就全都没有了！

玛格丽特说，我也不知道是怎么回事，一见到你走过我的面前，我就开始流泪。我想，在你的婚礼上这样，可能不好啊。

这时，新郎站了出来，说，没事的，也许，你的眼睛只是不小心进了一粒沙子呢？

全场再次响起了热烈的掌声。

亲情，有时的确也就是一粒沙的距离。有了这粒沙，亲情就会近在咫尺，没有，就有可能咫尺天涯。

你为父母倒过 100 杯水吗?

◎ 佛堂龙女

那天，一个朋友突然问我：“你为你的父母倒过 100 杯水吗？”老实说，在我的人生当中，自己有记忆为父母倒过水的印象并不多，甚至一次也没有过，更不用说 100 杯了。而这又是我平时根本不屑的问题。

当然，为人父母，或者他们真的并不要求自己的子女为自己贡献什么，哪怕是简单的一杯水，因为在他们看来，一生中，为了子女的长大成人，自己付出的已经无法计算，还在乎这一杯水吗？作为子女的，也并不是没有能力去为父母倒一杯水。但是，事情往往就是这么奇怪，在人们认为极简单的一个动作，要他真正去完成，却是如此的艰难，何况是重复 100 次，甚至更多。

曾经听过这样一个故事，一对夫妇是登山运动员，为庆祝

他们儿子一周岁的生日，他们决定背着儿子登上7000米的雪山。

他们特意挑选了一个阳光灿烂的好日子，一切准备就绪之后就踏上了征程。夫妇俩很快轻松地登上了5000米的高度。

然而，就在他们稍事休息准备向新的高度进发之时，风云突起，一时间狂风大作，雪花飞舞。气温陡降至零下三四十度。由于风势太大，能见度不足1米，上或下都意味着危险或死亡。两人无奈，情急之中找到一个山洞，只好进洞暂时躲避风雪。

气温继续下降，妻子怀中的孩子被冻得嘴唇发紫，最主要的是他要吃奶。要知道在如此低温的环境之下，任何一寸裸露的肌肤都会导致体温迅速降低，时间一长就会有生命危险。怎么办，孩子的哭声越来越弱，他很快就会因为缺少食物而被冻饿而死。丈夫制止了妻子几次要喂奶的要求，他不能眼睁睁地看着妻子被冻死。然而，如果不给孩子喂奶，孩子就会很快死去。妻子哀求丈夫：“就喂一次。”丈夫把妻子和儿子揽在怀中。喂过一次奶的妻子体温下降了两度，她的体能受到了严重的损耗。

由于缺少定位仪，漫天风雪中救援人员根本找不到他们的位置，这意味着风如果不停他们就没有获救的希望。时间在一分一秒地流逝，孩子需要一次又一次地喂奶，妻子的体温在一次又一次地下降。

3天后，当救援人员赶到时，丈夫已冻昏在妻子的身旁，而他的妻子——那位伟大的母亲已被冻成一尊雕塑，她依然保持着喂奶的姿势屹立不倒。她的儿子，她用生命哺育的孩子正在丈夫的怀里安然地睡眠，他脸色红润，神态安详。被伟大的生命的爱包裹的孩子，你是否知道你有一位伟大的母亲，她的母爱可以超越5000米的高山而在风雪之中塑造生命。

为了纪念这位伟大的母亲、妻子，丈夫决定将妻子最后的姿势铸成铜像，让妻子最后的爱永远流传。

相信每个人看了这则故事都会被这位伟大的母亲所感动，同时我也相信，每一个遇到这种际遇的母亲会做出同样的举动。天下的儿女们啊，珍惜与父母的那份亲情吧，人生一世只有这么一次，我们何不在自己的父母有生之年为他们倒100杯水、1000杯水，甚至更多、更多……

52米高台上的母爱

gdts

她给电视台栏目组写信，前前后后共写了16封。她说，她想参加蹦极比赛，一定要参加！电视台的工作人员被她打动了，可还是客气地一一回绝。她的条件，离参赛要求太远。

她又将电话打进去，一次又一次，第21次时，电视台的人终于不再忍心拒绝她。可那却并不代表他们不会担忧。51岁，他们的节目播出史上年纪最大的参赛选手，一位看上去弱不禁风的老妈妈，却要同那些一二十岁的年轻人一样，挑战身体与心理的极限。

2009年2月15日，湖南卫视《勇往直前》节目现场，她一出现，围观者一片哗然。走路都已略显蹒跚的她，在工作人员的帮助下，一点点向52米的高度靠近。大家听到了她的气喘，也明显看到随着高度的增加，她的双腿在打颤。“阿姨，如果现在您后悔，要求退赛，还来得及！”热心的主持人一遍又一遍地提醒她。她长长吁了一口气，坚定地向着52米高台的边缘走去……

“孩子，你看看妈妈，已替你站在高台上了，妈妈去替你完成心愿，孩子，你听到了吗？”那近乎凄怆又满怀热切的呼喊，是她站在高台边缘时冲着流云和风喊的。眼泪淌满了她的脸。

奇迹，也在那一刻发生。千里之外的病房里，电视机前面的病床上，那位昏睡了一千多个日夜的年轻女孩，她听到了妈妈的呼唤。她的眼睑微动，继而又费了好大的力，试图努力去睁开……她的喉咙里发出“咕嘟”声，两行清清的泪，缓缓地顺着她的脸颊流下。

女孩叫青果，是高台上那位老妈妈最心爱的女儿。三年前，青果还是命运的宠儿，18岁的花样年华，就拿到了让人无比羡慕的出国护照。她成了去澳大利亚的公费留学生。可那场意外，来得太让人措不及手。就在青果出国前夕，一场车祸夺走了那个家庭所有的幸福。经过一番抢救，青果的命保住了，却意外地把自己的过往全部丢失。她患了癫痫性失忆症。面对与自己朝夕相处的妈妈，她一遍又一遍无助地问：“你是谁？为什么会在我家里？”曾经聪明乖巧的女儿不见了。她不得不逼着自己接受这个残酷的现实。从零开始，翻找与女儿生活的点点滴滴，不断启发她，可面对她一遍又一遍耐心的提示，女儿眼里仍一片茫然，直到那个人的出现。

那天，女儿同往常一样坐在电视机前，电视中播出的是一档挑战极限的蹦极运动，当那个年轻的小伙子从高台上大声呼喊着“妈妈，我来了”，继而像一只小鸟一样从高空飞下来时，沉默多日的女儿忽然兴奋了：“妈妈，我想起来了，我知道他在做什么。”也就是从那天起，她才知道，去高台上挑战自己，一直是女儿心底的愿望。

就这样她开始关注这项运动，她买了好多关于蹦极的片子，一遍遍陪着女儿看，期待命运之神再次垂青。可她的梦很快被现实打碎。女儿再次发病，之后不能看电视，也不能同她讲话。无论她趴在女儿的床边，呢喃上千万声“宝贝”，沉睡的女儿都不回应。可她不愿放弃，她试了所有办法，却毫无效果。

去蹦极，便成了她为赢回女儿的一个赌注。年龄太大，身体状况也不符，心脏不好，血压也高，还有致命的恐高症，更没有时间去接受严格的赛前训练，她就那么赤手空拳地要求上阵，16封信，21通电话，她终于如愿以偿，站在了高台上。

这段比赛背后的故事，让现场的观众动容，一颗颗心也紧绷起来。“只要孩子能醒，就算搭上老命，我也愿意！”主持人最后一次询问是否退赛，她已蒙上眼罩，勇敢地走向高台的边缘。

“一、二、三……”随着主持人的计数，比赛现场却出现了让所有人意外的一幕。随着那声“三”字的尘埃落定，她忽然轻轻地向后倒下去……竟是主持人故意将她轻轻推倒在地的。

节目的最后，主持人含着眼泪说：“我们不想让这位伟大的母亲去冒险，因为我们相信，就算她没有跳下去，她的女儿，包括我们所有的人，也已感受到了那份 52 米高台上的母爱！”

下辈子，你不要再做我的孩子！

合欢开了

他始终走在同龄人的边缘，虽然他从不抱怨，却是一个母亲不能释怀的亏欠……

黄昏浅浅的光影里瘦瘦的少年戴着围裙正在做饭。倒适量的油，放细细的葱花、姜丝，放洗净切好的蔬菜，熟练地翻炒……站在那里看着他的背影，恍然觉得，他还是那个幼小的孩子，淘气，爱到处跑，惹是生非，用男孩子特有的方式撒娇。

他是什么时候长大的呢？现在他几岁，要到腊月才是18岁吧，我回来时在街上碰到和他一样大的孩子，他们在广场上玩滑板，玩赛车，或者约了去书店去影院……我知道还有一些，他们在家里打游戏，或者做功课、看书……他们的母亲在为他们做着可口的饭菜。不像他，8年前，就开始自已做饭了。我曾经是以为会给他幸福生活的，让他这一生可以温暖幸福，虽然不见得大富大贵，至少会衣食无忧。18年前，他来到这个世界上那天，我在心里面认真地立下了这样的誓愿。

生活那么不遂人愿，好好的厂子，说散就散了。两个人一同失去了工作。也应“贫贱夫妻百事哀”的话，因为生活的茫然和困惑，我们开始相互抱怨、争执，不顾年幼的他因为这样的家庭争端而害怕。

终于，家也说散就散了，留下了不足60平方米的家，800元的积蓄，还有快要读小学的他。当然，我会要他，不管生活如何，我不会放弃他。

对这样的变故，他很快明白了什么，有一天放学回来忽然问我，妈，你是不是下岗了？是不是和爸爸离婚？他不要咱们了对吗？

写作业去！我没好气冲他喊了一嗓子。他耸耸肩，说，妈，你别生气了，反正咱们还在一起。然后他不等我说什么，就飞快地冲进了他的小屋。我愣了半天，那一刻我才发现，原来我一点都不了解他，忽视了他的成长。

终于找了份工作，在一家私人的超市里收款，待遇并不比以前差但每天要工作10个小时，晚上9点才下班，这样我没有办法回家给他做晚饭。

开始上班的那天早上，多给了他两块钱，让他在外面吃饭。他把钱接过去塞进书包，然后检查是否带好了钥匙，说，没问题的。

第一个晚上，终于熬到了下班，因为担心着他，疾步地朝家里走。在路口的转弯处他却忽然跳了出来，把我吓了一跳。

家离我上班的超市有两站路，那么晚了，他一个人跑过来，心头一紧，劈头冲他就是一顿骂。他也不辩解，手放在背后，低着毛茸茸的小脑袋听我数落完，把手拿到身前说，没事，我有武器！说着把一根不长但很结实的小木棍舞动了两下，我不怕坏人，我是来接你的。

嗓子一下子被什么噎住了，他仰着的小脸脏乎乎的，钥匙还挂在胸前晃晃荡荡。我再也说不出话来，牵过他的小手，两个人朝家里走。

他做的第一顿饭是蒸鸡蛋。他很认真地学，拿个小本子记我说过的，几个鸡蛋，放多少水，多少盐，搅到什么程度……只当他是小孩子的新鲜好奇，却没想到，第二天晚上回来，他仰着小脸无比兴奋地对我说，妈，看我做的鸡蛋羹，你尝尝吧。然后把它端到我面前，很期待地看着我。

看着那水汪汪的鸡蛋羹，他的鼻子一扇一扇，左侧有两块小小的灰尘，我笑了。然后，我低头尝了一口，他放多了盐，太咸了，吃着那碗被他命名为“鲁阳式”的鸡蛋羹，眼泪忽然扑簌簌地掉下来。

那天起，只要有时间，他就缠着我教他做饭。他有一个小本子，上面记着关于厨房的一切注意事项，包括先关什么后关什么……那个暑假，不到 10 岁的他学会了煮面条煮水饺炒鸡蛋烧稀饭，渐渐做得有模有样。最让我吃惊的，是在不久后我生日时，他竟然为我做了一份手擀面，面很厚，粘在一起，有些地方没有煮熟……他打电话问了几百公里外我的母亲，知道这是我最爱吃的。

那碗依旧被他命名为“鲁阳式”的手擀面带给我的不是感动，而是伤感。我不希望他这样，过早地承担起生活里这些琐碎的内容，曾经，我想过我愿意替他承担一辈子，而现在，是他在为我这样做。

那个暑假过后，他不再在外面吃饭，而是自己做，然后吃一半给我留一半当宵夜。我更加努力，并希望有机会换一份更好的工作，可以有时间照顾他。

休假的那天，我带他去游乐园，已经很久没带他出去放纵地玩过了。他很开心，换了新衣服，但在路上，又问我，会不会花很多钱？

我按了按他的小脑袋，让他以后不要想不该想的问题。他吐了吐舌头。

下了车在路口，碰到他同学的母亲，问，鲁阳为什么没去参加班里的夏令营啊？

我诧异地问他，是不是因为要交钱？半天，他点了点头。

我没有再问下去，也没有责备他，只是在那天让他玩遍了所有的娱乐项目，花光了我口袋里所有的钱。最后剩下两块钱，给他买了一盒酸奶。回家的 7 站路，我们走着回去的。他

一直走在我的左边，高过了我的肩，像个小男子汉。

我终于换了工作，他读中学了，我希望可以多一点时间照顾他，只是收入不如从前。他没有电脑，没有那种张扬的赛车，没有名牌的衣服，也不能奢侈地喊着同学庆祝自己的生日……他始终走在同龄人的边缘，因为我给不起他这些。虽然他从不抱怨，却是一个目前不能释怀的亏欠。

过了 40 岁，我的身体渐渐不如从前，腰部开始出现疼痛的症状。在他的催促下检查，结果是严重的腰部劳损，不是急症，但治疗起来很麻烦，不能劳累，需要辅助的按摩或牵引治疗，医生建议适当做运动。

他开始在每天早上更早地起来，喊了我去散步，他也不再让我做饭，每天早上上学把中午的饭也做好，读到高中的他，已是个熟练的厨房操作工了，会做多样饭菜。然后等他下午放学，回来做晚饭。他像我的家长，把我照顾得无微不至。

我常常不知道，该对他说些什么，他是我的孩子，有什么可以说呢？

转眼，他参加了高考，没有要我陪同，一切自己应对得从从容容。考试完毕，跟我聊起作文试题，说，我在作文里写了这样一句话：下辈子，希望我还做她的孩子。妈，很煽情的吧？

我没有跟他一同笑，想着他写下的这句话，心底真的没有感动，只有心酸。

好半天，我抬起头认真地看着他，慢慢地说，儿子，下辈子，希望你不再遇见我，不要再做我的孩子。下辈子，我想你出生在另外一个幸福富有的家庭，被他们爱和照顾，应有尽有，过真正美好的生活。

他哭了，我也哭了。

白色的风信子

刘继荣

天晚欲雪，好友邀我去火锅城，说满腹心事要借火锅一涮。为着不肯做母亲，她与老公已成水火之势，欲借我这个过来人做灭火器，令我安置好女儿后速速赴约。

当初她也极力劝过我，做母亲投资太多风险太大，如果生个神童还好，当妈的里子面子全赚足了；万一生个木头木脑的呆瓜，连自己的快乐都得赔进去，实在是亏大了。那时我笑她像个人贩子，现在却觉她句句都是金玉良言。

幼儿园门前熙熙攘攘，我牵着女儿的手。老师踌躇着，似有话要说。半晌，她微微叹道：这孩子含羞草似的，音乐课嘴闭成一枚坚果，舞蹈课总比别人慢半拍，就连做游戏时，也是独自在角落张望。

我似乎感冒了，全身发冷，头痛欲裂。女儿将脸藏在我的大衣里，不安地蹭来蹭去，我愈发烦躁。一出世就得到病危通知的女儿，在这群活泼可爱的宝宝中间，不仅身量不足，性格也甚是木讷。

老师斟酌再三，又说了一件愈发让我尴尬的事：女儿这些天用餐控制不住食量，常常吃到胃痛还要求添饭。旁边有位家长擦肩而过，他好奇地回过头，望望女儿，脸上的表情似笑非笑。我在老师面前兀自强撑着微笑，心里却暴躁得想找谁大吵一架。

头晕目眩地到了家，我一摊泥般软在床上。女儿推开门，期期艾艾地要我教她什么。我极力克制着恼怒，闭上眼睛不去睬她。可不一会儿，我刚昏昏欲睡，门又发出刺耳的吱呀声，她的脑袋在门边闪闪缩缩。心力交瘁的我终于爆发了，狂怒地指着她喊叫：滚出去，我不想再看见你，我怎么会生下你这个白痴！

女儿惊骇地缩到墙角，过了好一会儿，才瑟瑟发抖地问：妈妈，一个人杀了自己的手，她会死吗？我气急败坏地将她藏在背后的手拉出来，头立时嗡嗡作响，那么多的血，那么深的伤口！连淘气都笨得险些杀了自己，老天啊，你到底给了我一个什么样的孩子！

我们跌跌撞撞地往医院走。雪大起来，女儿没有哭也没有要我抱，一声不响地在我身后紧追慢赶，看来她也知道自己闯了大祸。

到了医院，医生说伤口太深，为防止感染，缝合后要输液，而且可能会留下永久性疤痕。好心的医生责备着我的疏忽，女儿默默听着，将瘦小的脸深深埋在膝间，长久地不肯抬起来。

打上点滴后，女儿睡了，方想起好友之约，急急回电说明原因，她幽幽地说：看来不要孩子是对的，太难了。

一句话触痛我所有的暗伤，泪猛然间决堤。这些年丈夫远在外地，我独自在病弱幼女和繁琐工作间奔走，巨大的压力几乎碾我为尘，皱纹天罗地网般自心底罩到面上，哪里还有香如故！当初我认为孩子是上天赠送的最好礼物，现在才知道，这礼物有那么多教人承受不起的附加品。

握着电话，忍不住向好友倾诉自己的委屈与懊恼。说到下午那位家长好奇的表情时，我已是泣不成声。好友连连劝我，说千万不能让孩子听到这些话。

我回头看看女儿，她向里睡着，眼睫毛扑簌簌地抖，像蝴蝶湿了的翅膀。

到家已经很晚，一进门就听见电话铃响，女儿轻手轻脚去了卧室。女儿的老师说，她今晚一直在给我打电话，如果打不通，她会内疚得连觉也睡不着的。

原来，那位听到我们谈话的家长去找了她。他说他的孩子和我女儿最要好，那孩子告诉爸爸，好朋友拼命吃那么多饭，不是傻，也不是贪吃，是因为她妈妈工作很辛苦，她要吃得饱饱的，就不会老是生病，会快快长高长聪明，会给妈妈做饭，帮妈妈拖地，妈妈就不会再烦了。

说着说着，老师忽然哽咽了，她低声道：您的孩子还说，妈妈最爱吃苹果，她一定要学会削苹果。

放下电话，我忽然间看到茶几上的水果盘里，有一个已经干巴的苹果，削得坑坑洼洼的，上面有淡淡的血渍，旁边赫然躺着一把锋利的水果刀！

我的心痉挛着，电光火石间忽然明白，她第一次进来，是想让我教她削苹果，我却没有睬她。她把自己伤得那么重，只是试图学着为我削一只苹果！

我来到她的房间。她居然换上了夏天才穿的公主裙，默默站在红地毯上，似一个小小雪人，仿佛太阳一出即会融化。一见我，她眼里闪过浓浓的歉疚。一下子，我的鼻子酸起来。她喃喃地说：妈妈别哭，我给你跳舞，跳我刚刚学会的《风信子开了》。

我发现她右脚的袜子有些异样。她说，袜子破了一个洞，昨天脱掉鞋子进舞蹈教室时，有小朋友笑她露出的大脚趾，她便自己拿针线来缝，缝好后却成了一个小包。

我蹲下来，摸着那个疙瘩，硬硬地硌着手，也硌着我的心。她的脚被磨了一天，我却不知道。她只有四岁半，怕妈妈会烦，自己苦苦琢磨着，竟然补上了这个破洞，做妈妈的却嫌她笨！

她轻轻唱着，缓缓摆动手臂，合拢的双手如一枚含羞紧闭的花苞。在灯光底下，花苞怯怯地打开，风来了，雨来了，她的单眼皮的黑眼睛一直看着我。她举在头顶的左手，还裹着厚厚的绷带。花瓣一点一点展开。女儿如同一个小小的勇敢的伤兵，在这个大雪纷飞的夜晚，终于将自己开成了一朵比雪还洁白的风信子。

风信子低声说：妈妈，小朋友都笑我开得太慢了，还有人说我是白痴。我一震，心被烫了似地猛一缩。

她顿了一下，静静地说：舞蹈老师告诉大家，我不是白痴，我是白色的风信子，很安静很怕羞，比紫色、蓝色和红色的风信子要开得慢一些，可等到开好了会最美。

全世界的雪都在瞬间融化，我的脸上溢过暖暖的柔波。我俯下身子，抱住她柔软的小身体，抱住漫漫红尘里离我最近的温暖。

她伏在我的胸前。我看见窗外路灯暖暖的光里，映着一个纤尘不染的琉璃世界。温柔的屋檐上，慈爱的树枝间，静默的巷子里，每一处，都盛放着白色的风信子。每一粒种子，都拼尽气力，自九天深处赶来，匆匆赶赴一场花的盛会，从天上到人间，只为让自己那一颗小小的心，开出一树一树的繁华。

最让人疼的孩子

◘ 徐 津

外面是初冬的阴雨雪天气，据说今天大幅降温到零度。我和母亲都得了感冒，父亲在厨房静悄悄地做晚饭。

氤氲的热气在父亲银白色的头发上，他拿着筷子在挑动面条，很专注。我站在门边，满足地看着父亲，竟是看不够。先前父亲心脏发病住进了医院，想起已有恍如隔世的感觉。

当时母亲还在哈尔滨，赶不回来。我一个人在病房连待了三个晚上。父亲刚入院的三天，要连续打点滴，不能离人。前两天点滴里加了利尿剂，父亲常常二十来分钟就要从床上站起来尿一次，慢一点还要尿裤子，我只好用小便器给他接尿。第一次还不好意思，后来就习惯了，麻利得要命。一天到底多少次，我都记糊涂了。只是不停地接，不停地出去倒。晚上也几乎没合眼。

大夫查病源一直只在父亲二十年的糖尿病和高血压上打转，拼命用药，心跳却还是过快。一星期后，才查出父亲的甲亢复发也是心脏发病的一个重要诱因。医院用的虎狼药，把父亲吃什么都香的胃弄坏了。父亲天天吐，饭前吐一次，饭后吐一次，一天要吐七八次。我还是接了又倒，很麻利。

父亲在心脏病房天天打治胃的点滴，每天都要瘦一公斤。八天已经瘦了十公斤了。用父亲的话说，瘦得可怕。

好在病房还有两个可爱的将近七十岁的北京老人。两个老北京愿意带着父亲玩。我晚上快九点的时候不忍心把父亲一个人留在病房，穿上旅游鞋，跑到了医院。就看见病房里关着灯，父亲和左边的张老先生面对面趴在枕头上，在咕唧咕唧地说话。右边的最爱说话的刘老先生端坐着一脸严肃地举着不能外放的半导体收音机，戴着耳机，在听世界杯的巴西对美国的半决赛。见我去了，他摘下耳机，对我说："二比零了，美国队还罚下一个。现在中场休息。"

父亲住院，就像住进了一个幼儿园。不过，这个幼儿园的儿童每天要瘦一公斤还多，真是世界上最让人疼的孩子。

出院后的父亲，在大自然的风和阳光中徜徉了若干日。但是天渐渐变冷了，没有暖气，父亲又感到心脏不舒服，连续两晚不能入睡。那晚，父亲吃完药，睡了。我把朋友送的电暖器放在父亲的脚边，屋里从阴冷变得暖融融的了。我要一直等到凌晨三点。因为父亲通常心脏发病是从晚上十一点开始的。一

到十一点，他就醒来不能入睡了，甚至不能平躺。时不时地，我悄悄走到父母的房门口，把耳朵贴在门上，听父亲的呼吸。母亲高一声，父亲低一声。母亲出声的时候，父亲不出声。母亲不出声了，父亲才出声。十一点、十二点、凌晨一点、凌晨二点、凌晨三点。父亲睡得很平稳，均匀地呼吸着，和母亲呼应着。

父亲的身体开始在好起来，似乎是一种意志使他在好起来。但不久，还是出了岔子。

前两天，我半夜十一点炖了一锅排骨。次日上午给父亲吃排骨，吃多了，父亲的脑子又糊涂了。只会说湖南家乡话，一串一串的。我和母亲一句都听不懂。父亲发现他说的话我们听不懂了，就更急，再说，我们还是不懂。作为一名制造飞机的工程师，父亲半个世纪前离开家乡到北方，已经不会说湖南话了，但在脑子出现障碍的时候，却只会说湖南话，而且是那么浓重的滚滚的乡音。

我和母亲从来没听父亲说过地道的湖南家乡话，真是惊心。但是我们都装做什么都没有发生，不想再刺激他。母亲继续出门买馒头，准备午饭。父亲用湖南话说："馒头。"我就大声地坚决地用普通话说："馒头。"父亲继续用湖南话说："馒头。"我继续用普通话说："馒头。"我打开电视，让父亲看他最爱看的中央四台的新闻节目。父亲用手示意，让我回自己的房间弄论文，断断续续地说："走……走。"

我隔一小会儿就去扒着门缝儿看，父亲在看电视，父亲坐在桌前吃柚子，父亲用手拂拭他弄乱的床单。我慢慢地推开门，父亲抬起头，明白地说："我好了。"父亲又不会说湖南话了，只会说普通话，而且口齿比以前还利落。

父亲的生病终于告一段落了。只是脚和腿还有点肿，还不能出门。同时，我也得了经验，更多地知道了一点怎样照顾他了。我在路上看到老人，都非常亲。每个老人，就像一个篮子，那里面是多么沉重的一生的爱和付出啊。要多疼疼他们。

父亲，男人最温柔的名字

◎ 兰逸尘

男人成为父亲以后会更加想念自己的父亲，就像女人成为母亲之后会完全理解自己的母亲，包括絮叨和一些小脾气。

——题记

假如时光能够绕回去，让我们从生命之初开始诉说。我们一定有着关于母亲的许多记忆，比如温暖的怀抱，收容了我们疲倦或者受伤的时刻；比如冰凉的手臂，被你在睡梦中紧紧攥住，整个童年，你都记得自己掌心的火热，交替着将母亲的胳膊攥暖；比如母亲的味道，当我们长大成人，漂泊他乡的时候，嗅到相关的气息就会有尘封的记忆在脑海中闪过：这是母亲的味道……

而父亲，我们更多的记忆是他宽厚的背脊。小时候，走累

了，就张开手臂喊爸爸，等他轻轻将你背起，然后环住父亲的颈项，再远的路也可以让我们安然熟睡。他不像母亲，总有说不完的话，总用叮咛将我们牵系在温柔的视线里。他几乎是“少言寡语”、“若离若即”的代名词。他就那样以隐匿的姿态站在角落，看我们在人生的地平线上持续奔跑。在我们疲惫、倦怠回头的时候，总是父亲，以宽厚的笑容和有力的支撑让我们重头来过，继续行走。

面对父亲，我们很少说爱，或者从不。

小时候，很怕父亲，少女时代以前的记忆就是父亲经常瞪眼睛，而我，经常挨打。再后来就是对峙，从沉默到冷漠到淡然。现在，已经是常常想着朱自清的《背影》，想着远方的父亲，想着这些年一路沉默的走过。

父亲这一辈的人，从那个非常的年代走过。对于子女，不仅仅是他血脉的延续，更是一种梦想和希望的寄托，以及传承。所以，年轻的父亲望子成龙望女成凤。他不是母亲，他不能用温柔和眼泪一点一滴地渗透，他只能以挺拔坚硬的姿态在我们成长的路上烙下痕迹，甚至，是尖锐的凹凸。

人生中，无论我们选择哪一种方式，最终的归途都是一样的——希望彼此都好。就像我们漂过很多的青春，走向更远的远方，而回眸的时候，家的气息总是让我们眼窝潮湿。亲情是种植在骨髓里的根，即使有再多的误解和伤痕，在时光的流逝中，我们最终都会坦然相视，相扶而行。

譬如我面对如今年迈的父亲。他已经背不动我了，再也不像以前一样拍着胸膛炫耀地说“我的身体棒着呢”，他开始对我说“什么时候回家，老爸想你”这样富有感情的句子，他开始握着我的手不说话，只是握着……

我会望着他掩藏在染发剂下灰白的发根说说笑笑，心底却泫然欲泪。每到一个城市，总是想给父亲买一件衣服，可是很多色彩已经不适合他了，父亲的身形也在飞快变化，最终只能买下一瓶瓶祛斑霜，父亲总是很欣喜的样子，其实我知道，我离开家以后，那些瓶子他再没有碰过，不是忘记，而是他知道，纵使科技再发达，也阻止不了衰老和死亡。我又何尝不知道呢？可是只有这样，才能在心底有些许安慰。

父亲总是说，不要乱花钱了，你好好的，爸爸就满足了。我知道，他是不满足的，他希望他的女儿长久都陪伴在身边，即使不说话，每天能让他看见也是好的。可是作为子女，我们常常难以满足双亲的这种心愿，因为我们一直都在努力打拼，我们希望父母能够有幸福的晚年。每有朋友和我谈论“孝道”，我总是沉默。精神为孝，何以实孝？物质为孝，何以神孝？两者兼之，谈何容易。

所以，唯有惦念，以及穿越了空间的心灵置换。

庆幸如此，子欲养而亲还在。所以害怕，害怕面对那些没有歌声可以传递的人。记得自己满心欢喜地对一个身为人父的朋友说：“6 月 20 日送你一束花吧。”他问为什么，我说因为

那天是父亲节。他的眼神忽然变得很忧伤，他说，我的父亲已经不在了，很早，就不在了。那样的语气一下子把我的心剥出血来。面对生死置换的时候，我们的心常常是要被颠覆的，欣喜和惆怅，不知道该向哪边倾斜。

石斛兰，注定不是康乃馨，这束送给父亲的花儿因为性别的界定，身份的界定，永远要躺在角落里。它们是花店买不到的花，是被遗忘的花。朋友说，不要在乎那些形式的东西。可我知道，他是在乎的，只是不愿意触及。

花又开了，花开成海，海又升起，让水淹没。六月，在时光的转轮里真的没有什么不同，只是有了父亲节，有了我们心底牵系的一块柔软。这一天即使没有鲜花没有问候，依旧平常，也会有涟漪在心底泛起，就像我会望着远方，想起 beyond 的《大地》：在那些苍翠的路上历遍了多少创伤/在那张苍老的面上亦记载了风霜/这刻在望着父亲笑容时/竟不知不觉的无言/让日落暮色渗满泪眼……

爸爸，其实真的很想说：我爱你。就在这一天吧。然后让我们如风般吹过岁月沙滩上的痕迹，将这三个字从彼此的身边，轻轻收起。

孩子长大，父亲变老

◎ 木 每

以前无所不能的父亲退休后突然变了一个人。我的记忆还留在以前，父亲给我做花衬衫、布棉鞋，在小本子上仔细地摘抄菜谱，用细竹篾做风筝、花灯笼，刨木板做家具，用土豆削成模型跟我解释异面直线……

我没有想到，父亲竟在一夜之间就步入老年。当他站在冬日的寒风里在路口守候的时候，已俨然是一个瘦小无助的老人。老的影子从头袭来。真的，父亲的老是从脑子衰老开始的。

先是记不住家里的电话号码。

父亲去银行缴电话费，一个 7 位数的号码，父亲念叨着出门，下五楼，到楼门口就忘了。于是在楼下喊，母亲推开阳台的窗户，将那个叮嘱再三的号码再三叮嘱。父亲一路默念着到了银行，7个数字还在，顺序却不一样了。

电话被停机了，父亲很奇怪，明明是缴了费的嘛。去银行一查才知道，交费单子上写着别人家的号码，收费的小姐懒得核对机主姓名，反正麻烦不是她的。

以前，设计图上那么多个数据，父亲忘过哪个？可现在，他连自家的电话都记不住，更别说我的一连串的手机号了。所以，父亲从来不给我打电话，我打电话过去，说不了两句话，他就喊叫着让母亲来接。等母亲放了电话，他又唠叨，怎么不让他听电话，我好久不来电话了，该不是忘了他吧。

父亲开始变得絮絮叨叨，同样的一件事情，他会反反复复说好些遍。他说，北京冷，风大，要穿暖和。我说，有暖气有车呢，不怕。过不了5分钟，他就会重复说，天冷，别冻着。我要他别操心，他放心地点头。可马上，他又旧话重提。

偶尔下班晚了，父亲就站在阳台上，一遍遍张望，然后不停地问：儿子怎么不回来？母亲跟他解释：儿子加班，9点钟才能回家。此后的几个小时里，父亲会不停地重复一个问题：儿子几点回来？

我们带父亲去医院，做脑部检查。医生看了看结果说，脑部有些萎缩，上年纪的人都这样，有的人慢，有的人快。父亲好像很怕自己生病，在医生面前，反应出奇地迅速。医生问：鸡蛋4毛钱一个，一块钱买几个？两个半。父亲马上答。鸡蛋能卖半个吗？那我不管，反正我算对了。父亲像孩子似的坚持，医生乐了，旁边人跟着大笑。

以前的一家之主不复存在，父亲变得软弱而不自信。原本体弱多病的母亲，竟然一下子成了依靠。父亲开始对母亲寸步难离，以前的说一不二，变成言听计从。偶尔，母亲一个人出门，明明跟父亲交代得清清楚楚，去哪里，去多久，可是母亲前脚出门，后脚父亲就会去路口去车站寻找或者等候母亲。母亲就不敢独自出门了，走到哪里都带着父亲。我们把家里所有人的电话写在小本上，让父亲随身带着。有一回跟母亲拌嘴，父亲赌气离家，大半天不见人。父亲把自己丢了，他让人按小本儿上的号码给家里打电话，却没说清到底在哪儿。等我们四处寻找时，他却自己摸回了家。

再次去看医生，有了定论：老年痴呆。六十出头的人，真的还不老，不到糊涂的时候啊。

还好，绝大多数时候，他是清楚的。母亲心脏不好，动不得冷水，家里一切洗涮活儿，只要母亲一句话，父亲一切行动听指挥。曾经那么刚烈的人，已经看不出一点儿锋芒。挨母亲数落，偶尔会背过身儿去做做鬼脸，我们笑，母亲一脸莫名。

日子就这样慢慢过去，父母变老，孩子长大。人生反反复复，旦夕祸福，躲也躲不掉。

父亲报喜不报忧

爱国先生

父亲六十五岁了。十八岁就当村干部，单支书就干了二十五六年。半年前，上级终于同意父亲退休了（在老家，像父亲这种“官”，说是退休，其实是没有任何待遇的）。父亲告诉我这一消息时是乐呵呵的。我担心父亲突然不干了，会无聊、着急。电话那头的父亲说：“急啥，早就该歇歇咯。”

我到底不放心，第二天打电话叫父亲到我这儿。父亲说：“哼，到你那儿干啥？哪有我在家自在。”父亲不急不慢地说：“早晨、傍晚，和你妈一起到菜园里，松松土，施施肥，浇浇水，扯扯淡；白天和你妈一块儿打打小麻将……”我知道父亲从来不打麻将也反对打麻将，刚要问，父亲就说：“呵呵，今非昔比了，以前是干部嘛。”接着就向我叙说为打麻将和母亲吵架的事：“按我和你妈的协议，昨天麻将应由你妈打，我坐

一旁看，但我觉得手气好，硬要打。有一牌，你妈要我出三饼，我非出六饼，结果让下手的你二大妈‘放炮’了。你妈抓住这个机会要赶我下场，我不干，你妈气了，到现在还不理我呢。”我佯怪父亲赖皮，快向母亲道歉。父亲嘿嘿笑。我也笑了。

前天出差，在事先没有通知父母的情况下我回了家。到家时是下午三四点，走进院子就听到屋里电视里家乡戏庐剧的唱白声。我走进大开着的门，看见父亲侧卧在床上，没有盖被子，双脚的鞋子也没有脱，搭在床沿边，一只手支撑着一侧的脸，向着电视，睡着了。

我喊醒父亲，问他怎么没去打麻将。“打麻将？”父亲很吃惊，却忽然又像想起了什么，说：“今天，你……你二大妈他们，都有事去了……你妈在菜园里，我去喊。”父亲说着就往外跑，嘴里还补充似地说：“今天这段戏好看，就没和你妈一起去菜园了。”

母亲回来了，父亲不顾我阻拦，到镇上去买菜。我和母亲谈心，才知道父亲并不是电话里所说的那样：父亲本来就不喜欢看电视，何况电视又只能收一个台，还广告多。父亲喜欢听庐剧，母亲买的十多张光盘都被他看得没遍数了。只有一次，父亲被母亲硬拉去看麻将，但不到半小时，就死活不看了。母亲还告诉我，这么多年，父亲早养成了早起后到村部开喇叭、抹桌扫地的习惯，但现在不了，怕有人笑话，起床后就坐在家里抽烟。

我还得知，几个月前，父亲的肝部很不舒服，父亲很害怕，母亲更吓坏了，生怕是那种不好的病。母亲要告诉我，但父亲不同意，说："小毛病，犯不着让他分心；真要是那种病，他回来也没用。"后来到城里检查，结果虽是虚惊一场，但还是吃了不少药，受了不少苦。

我算了算，父亲生病那段时间我打过多次电话的，每次都再三问父母的身体，但父亲总是说："家里都好着，身体更好着。"然后就笑着说什么打麻将赢得多输得少啦，棉花卖了好价钱啦，老母猪产了十一只猪仔啦，等等；最后嘱咐我："安心工作，家里事别烦神！"

父亲买酒回来了，一看我的神情就知道他露馅了，于是很不自在地坐一旁抽烟。

母亲将一大碗蛋炒饭端来，我划了几口就吃不下，就要找猪食桶，可找不到。到猪圈边一看，猪圈里干净得连一根猪毛也没有（三个月前，连母猪都死光了）。我问父亲："前天你打电话不是还说十一头猪仔都长到二三十斤，能卖三千块钱的吗？"

父亲吐口烟，说："怕你烦神。"

我埋怨父亲："每次打电话，好的事，针尖儿大都夸成牛大，不好的事，总是藏着掖着。"

父亲一拍大腿，说："国子，你这话说得对！都说我当了这些年干部没‘官气儿’，对上级从来都是有一说一，不会夸大，更不会报喜不报忧。国子，你看，我现在不是既学会了夸大也学会了报喜不报忧嘛。”父亲说着就哈哈大笑起来。

我也笑了，笑出了眼泪。

永不缩回双手的父亲

叶倾城

几年前，武汉发生了一起火车汽车相撞的事故。一辆早班的公共汽车搁浅在一个无人看守的道口，驾驶员下车找水去了。是农历正月，天寒地冻，十几名乘客都舒舒服服地待在还算暖和的车厢里，谁也没有想到大祸的将临。

没人留意到火车是几时来的，从远远的岔道。只能说，是呵气成霜的车玻璃模糊了众人的视线，而马达的轰鸣和紧闭的门窗又隔绝了汽笛的鸣响。当发觉的时候，顷刻间，一切已经停止了。

——一切都停止了，却突然间爆发出孩子的哭声。那是一个大概两三岁的小孩子，就躺在路基旁边一点点远的地方，小小整洁的红棉袄，一手揉着惺忪的眼睛，还不知发生了什么事，只是一味地哭叫：“爸爸，爸爸……”

有旁观者说，在最后的刹那，有一双手伸出窗外，把孩子抛了出来……

他的父亲，后来找到了。他身体上所有的骨头都被撞断了，他的头颅被挤扁了，他满是血污与脑浆的衣服看不出颜色与质地……是怎么认出他的呢？

因为他的双手，仍对着窗外，做着抛丢的姿势。

好几年前的事了，早没人记得他的名字，只是，在经过这个道口的时候，还会有人指指点点：“曾经，有一个父亲……”

还有，那个孩子现在长大了吗？

很久很久以前，中原一户农家有个顽劣的子弟，读书不成，反把老师的胡子一根根都拔下来，种田也不成，一时兴起，把家里的麦田都砍得七零八落。每天只跟着狐朋狗友打架惹事，偷鸡摸狗。

他的父亲，一位忠厚的庄稼人，忍不住呵斥了他几句，儿子不服，反而破口大骂，父亲不得已，拎起菜刀吓唬他，没想到儿子冲过来抢过刀子，一刀挥去。老人捧着受伤的右手倒在地上，鲜血淋漓，痛苦地呻吟着。而铸成大祸的儿子，竟连看都不看一眼，扬长而去。

从此生死不知。

正是乱世，不知怎的，儿子再回来的时候，是将军了。起豪宅，置美妾，多少算有身份的人，要讲点面子，遂也把老父安置在后院。却一直冷漠，开口闭口“老狗奴”，自己夜夜笙歌，父亲连想要一口水喝，也得自己用残缺的手掌拎着水桶去井边。邻人都道：“这种逆子，雷怎么不劈了他?”许是真有报应这回事吧。一夜，将军的仇家寻仇而来，直杀入内室，大宅里，那么多的幕僚、护卫、清客，逃得光光的，眼看将军就要死在刀光之下。突然，一个老人从后院冲了进来，用唯一的、完好的左手死死地握住了刀刃，他的苍苍白发，他不顾命的悍猛连刺客都惊了一下，他便趁这一刻的间隙大喊：“儿啊，快跑，快跑……”

老人双手俱废。

三天后，逃亡的儿子回来了。他径直走到三天不眠不休、翘首期盼的父亲面前，深深地叩下头去，含泪叫了一声：“爹——”

一刀为他，另一刀还是为他，只因他是，他的儿子。

把你的手给我

◎ 查一路

门刚开一条缝，门边的老婆就跟我说，我用晒衣架把儿子打了一顿。

我一听就急了，打就打，竟然动用了晒衣架！

话音未落，儿子号了起来，我跑过去看，只是音量很大，眼眶周围，一片干旱。

儿子是因为考试成绩不理想挨打。我和儿子坐在沙发上看电视。

我知道我应该跟他说点什么，跟他说什么呢？难道他还是不知道要好好学习，不知道学习的重要性？

我一句话都说不出来，我们一直默默地坐着。

冷风从阳台吹过来，像冰凉的鼬鼠钻进衣领。我说，儿子，把你的手给我。

儿子惊恐地向一边退去。他以为新一轮的体罚开始了，轮到我来处罚他了。

我拉过他的后，握在掌心。就这么握着，一握竟是一个小时。

牵着这双小手，我们把他带到这个人世。平常给予他的只是必需的饭食和衣服，我们一天天地忙碌，又何曾给予他以外的更多？

我们很少辅导他学习，而在考试成绩不理想时，就动手狠狠地责打。动手犹嫌不足，还动用了晒衣架。

我知道他的内心此刻经受着痛苦，其实我很愿意替代他承受他正在经历的痛苦……这双小手，是用来拿水彩笔描画向往和欢欣的，而不是用来抵挡父母责打的。

儿子说话了。我看见他流出了眼泪。

他说，我本来连哭都懒得哭了！可是现在我知道今后该怎么做了。

是的，孩子，你应该明白我的想法，在我看来，成长永远比成才重要。他的那双被我握在手心的手，感应到了我想说的一切。

没有更好的话要对儿子说的时候，就这样握住儿子的手，直到他感悟出我想的话。

美国心理学家海姆.G.吉诺特博士认为，没有一种交流方式，存在于父母与孩子之间，比这种方式更好。

我还想起儿子小时候的一件事。那时，儿子需要定期去防疫站注射疫苗。疼痛的记忆和一群孩子哭天喊地的氛围，常常让他恐惧。后来一次，我一直握着他的手，他没有再哭闹。

问他，他说，我感到针扎在你的手臂而不是我的手臂。

或许，这种方式，让孩子的疼痛和恐惧实现了转嫁。其实，我观察到许多父母都采用这种方式来镇静和安慰孩子。只是后来，孩子渐渐长大，这种方式也渐渐被淡忘。

疼痛、恐惧、痛苦、沮丧，当幼小的心灵不能承受生活之重，握住他的手，敏感地把握他心理的变化。给他勇气和信心，进而向他表明，你愿意也有责任和他共同承担眼前的失败……你永远和他在一起，是他的同谋。

是的，孩子，把你的手给我！

我愿意握着你的手，直至你我变得坚韧、勇敢、自信，直至你的手和我的手一样宽大，一样粗糙，直至我的手心再也握不下你的手。

养大的儿子成了客

◎ 佚 名

有一个朋友是做婚庆的，那天人手不够，找我帮忙，布置一下婚礼现场。婚礼过程中，我负责泡泡机，也就是在司仪调动婚礼现场的气氛时，我要赶在每一次掌声响起之前释放肥皂泡，这样掌声响起时我的肥皂泡才能达到制造浪漫气氛的效果。所以我就坐在靠近婚礼舞台的宴席上，同新娘新郎的亲戚朋友们一道进餐。

婚宴开始后我才知道，今天的这对新人是城里女儿乡下郎。新娘是本城人，新郎来自遥远湖北的乡下。这次宴席上的来宾主要是女方亲友，男方那边等一个月后到湖北再办一场喜事。

其实不用司仪介绍我也知道坐在我旁边的就是新郎的父亲，因为从外貌特征和衣着来看，只有此人明显来自乡下。我给面前的这位乡下汉子敬酒，因为我知道他虽然表面上有些拘谨，但他内心里的幸福是无论如何遮掩不住的。我说您老有福啊，儿子有本事，一表人才，给你找了这么好的一个媳妇。他连忙举杯，连说好，好，好，然后就把酒干了。

婚礼现场总有那么一种热闹而又带着浪漫的气氛，红地毯，美丽的新娘和帅气的新郎，来宾们觥筹交错……但是在这热闹的氛围里，我明显感觉到这位来自乡下的新郎的老父亲，似乎是受到了某种程度上的冷落。和在座的各位来宾本不相熟，又不了解本地的风俗人情，而且由于方言缘故交流也不畅通，所以他只在自己的桌上频繁地举杯，邀请大家一道喝，可是这一桌喝酒的宾客太少，到后来只剩下我和新郎父亲相互之间敬酒了。

当乡下老汉知道我也是乡下人，现在在城里读书的时候，就觉得我和他之间的距离更近了。每次碰杯后都和我说很多话。说新郎的母亲晕车，家里还有老人和鸡猪，过不来，这次只是他一个人过来的，过几天就回湖北。说他有两个儿子，这个是大儿子，从小读书好，考到北京读书，后来就到这边来工作了。小儿子读书也不错，今年也要考到北京去。

我说，那你是真有福气，两个儿子都给你争气，以后他们会好好孝敬你的。

他朝我摆摆手，憨厚地笑着，说，我老汉说话实在，说了你也别生气，就图个名誉，你看我今天是娶媳妇，我感觉我是

嫁儿子，他们小两口，以后在这边，一年还能回几趟老家，倒是会经常去媳妇娘家。以后我和他妈在乡下，没什么大事情，也不会轻易开口让他们回去的，他们都有自己的生活。他们常年不回家，回去了也都是客人。说到孝敬，也是图个名誉，大不了回乡下，门口人都说某人儿子在外面有本事，娶了个城里的漂亮姑娘做老婆，做父母的脸上有光。他们年轻人在城市里结婚要花钱，买房子要花钱，过两年生孩子要花钱，再过两年孩子要上学了又要花钱。儿子心里想孝敬口袋里紧也没办法。就像你现在读书，以后在城里工作，一年有多少东西孝敬你父母？孝敬也不是光挂在嘴上的吧。

老汉说着朝我呵呵笑，问我是不是这个道理。我不得不承认他说得既实在又有理，于是又敬他一杯。

儿子养大了，读书好，高兴，但按照乡下养儿子养老的想法，其实我把儿子都养成了别人家的儿子了，养成了我家里的客。老汉喝酒之后接着说，他，老汉指了指新郎，读高中开始，就常年住在学校里，后来读大学，又读了研究生，离家越来越远，在家的时间越来越少，每次回家我都感觉是客人回家了。现在在外面成了家，回去得更少了，就更是客人了。老汉又说到我，他说其实你也是啊，从你读高中考大学时候起，其实你爸妈就把你当成了家里的客了，每次你回家他们肯定很少让你再和他们那样去做农活，还会买些平时根本不买的菜来改善你的伙食，你看你是不是成了你爸爸妈妈的客人了……

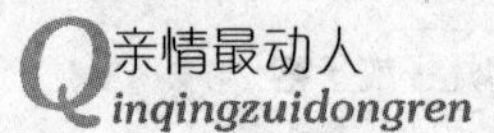

老汉又要和我碰杯。其实他的一番话，早已把我从热闹的婚礼现场带回到我遥远的家乡了，我在想我是何时成为生我养我的父母家的新客。

新娘新郎来向这桌的客人和公公敬酒的时候，老汉已经醉了。但我知道，纵使是把儿子养成了客人，老汉还是打心眼里为儿子高兴，因为他刚刚说过，他还在努力把小儿子养成客人。

有父如此

杨海伦编译

有那么很短的一段时间，我父亲拥有一切：深爱的妻子，三个健康的孩子，开在首尔的进出口贸易公司蒸蒸日上，得到了韩国总统颁发的成就奖。但 1973 年的石油危机让他破了产，一年以后，他离开母亲、两个姐姐和我到美国，试图东山再起。他知道这不是件易事，但好歹在纽约有个哥哥，还有些老熟人。

漫长的七年过后，我们全家终于要团聚了。我们就要在纽瓦克机场降落，母亲再次向我保证，记不清父亲的模样并不是要命的事——他走的时候我才四岁。但是我竟然一点儿也想不起他的样子，多少有些困惑。

我们过了海关往外走，外头拉着几条丝绒的粗绳子，拦着急切等待接机的人群。我一张脸一张脸看过去，总疑心是不是把他看漏了。突然他出现了，就是我在照片上常见的那个人。

他老了，胖了，这是一眼能看出来的。而还有一些变化，是他的姿态。他抱着手微笑着，看我们向他走过去。“呵，儿子，”他说着，握了我的手。

过去的七年对他来说是艰难无比的挣扎。他对付着学了些基本的英文，但还只能算文盲。更糟糕的是，他拿着过期的签证非法居留，随时可能被立即遣返。

尽管有这些困难，他还是靠哥哥帮忙，在泽西湾边上开了家东方礼品店。现在我意识到其实我应该为他的成就感到骄傲，可当时我却只感到深深的失望。我们抛掉了所有熟悉的东西，又为了什么呢？一套脏兮兮的两居室公寓，我睡折叠沙发床，放学后加上周末都得去那家一下雨屋顶就漏的小店里帮忙干活。我们干吗要来这里？

母亲说，因为我们是一家人，一家人就要在一起。头一年全家人确实粘在一起。

从韩国带来的家庭相册里，有好多父亲以前钓鱼的照片。现在我们的小店不用开张的时候，一家人就开车去海边钓鱼。母亲和姐姐做午饭，父亲教我怎么把鱼虫钉在钩上，怎么放钓线。我装做很上心的样子。对我来说，钓鱼就是没完没了地干等，实在乏味。每次要是回家的时候一条鱼都没钓着，我又觉得父亲真失败。

事情很快出现了“转机”，不用长时间地等待，这种全家出游钓鱼的生活就结束了。因为父亲第二年就得了肾病。解决的办法是导尿，在他的腰上安一个终身使用的导尿设备。每隔四小时，他就把存储的尿液清空。手术恢复期过后，他也试图再去钓鱼，但很快就觉得累，不久就完全放弃了。

医生说他还能活 10 年。即使在这 10 年的大多数时间，父亲也让我喜欢不起来。父亲像多数亚洲老人一样，在感情上总是和儿子有距离。我们从来没有从头到尾地谈一次话。我一点不明白他是怎么喜欢上日本饭的，也怀疑他知不知道我追捧的棒球队是哪个。我们一次也没拥抱过。

等我离家上大学的时候，我们基本上不说话了。有限的几次，都是说正事，学生贷款、学费之类。奇怪的是，我们之间的距离倒对我看待父亲的眼光起了积极作用。上大学之前，我们的关系仅存于沉默的眼神中。我看见他在看报纸，他看见我在看电视，现在我离了家，倒开始带着感情色彩想起他了。我开始对他感到同情，因为他的人生起落。他已经经历了太多，而他的生命也行将结束。

我们仍是对方眼里的谜。当然不是因为缺少了解的机会。每月两次，我开车回家吃晚饭，饭后母亲洗碗收拾厨房，父亲和我就坐在沙发上。有时候他看电视，有时候他看报纸。不知道为什么我就没办法跟他真正地交谈一次，其实我只要像跟其他人交谈一样，简单地开个头：你过得怎么样？

但我从来没试过。他身体健康的时候没有，他去世前躺在病床上的时候也没有。我也从来不知道他有可能说什么。

孩子，我在等你犯错

◎ 我是一棵小草

我问儿子，今天偷看电视了吗？

暑假，白天都是儿子一个人在家，为了控制他看电视的时间，我们规定，不许白天看电视。儿子故作轻松地回答说，没有哇。

我盯着他，又严肃地问他：真的没看吗？你要诚实地回答我。

儿子低下了头，我错了，我看了一下午电视。

因为未经允许看电视，还撒谎，儿子理所当然地受到了惩罚。

接受完惩罚，儿子怯怯地问我，爸爸，你是怎么知道我偷看电视的？怎么每次我一犯错误，你就能抓住我，好像总是跟在我身边似的。

其实，下班一回到家，我就悄悄摸了下电视机，机身是热的。这个秘密，我当然不能告诉你。但是，孩子，有一点你说对了，每次你犯错误的时候，我都会恰到好处地出现在你身边，就像猎人总是及时出现在猎物面前一样。没错，你所犯下的每一个错误，都是我的猎物。

你已经是个翩翩少年了。你知道吗，这十几年，你一直不断地犯着错误。

刚刚学会爬的时候，你对什么都充满了好奇，忍不住摸摸，玩玩。可是，这个世界并不是所有的东西都是你的玩具，有的会伤害你。你太小了，不能理解大人的话。唯一教会你认识危险的办法，就是让你犯个错，并因为这个错误而承受后果。我们一再告诉你，爸爸喝的热水杯是不能碰的，但你老是想拧开爸爸的杯子。有一天，我故意将杯子放在你能够得着的地方，你兴奋地用手去摸那只充满了诱惑的杯子，结果，你粉嫩的小手被杯子很不客气地烫了一下，你痛得哇哇大哭。我一边抚慰你，一边告诉你，杯子里装着热水，会烫人的，不能随便碰。这个世界，有很多像杯子一样的东西，我们需要它，但是，弄不好它也会伤害我们。我不知道我说的话你有没有明白，但此后很长时间，你都不再乱碰杯子，直到你学会先用手背去试探一下温度。

在你成长的过程中，几乎总是伴随着错误。学走路的时候，你看起来多么兴奋啊，在大人的帮扶下，你一刻都不肯停

下脚步。当你跌跌撞撞地自己迈出人生第一步的时候，我和你妈妈的眼里都充满了激动的泪水。很快，你不满足于在家里的地板上走路了，你要到外面去走。我牵着你的手，和你一起来到了室外。灿烂的阳光，似乎专为了欢迎你。我悄悄松开了你的手。没走几步，你就被地上一块凸起的小砖头给绊倒了。你哭了。我将你扶起来，指着那块小砖头，告诉你，走路时要避开它。你似懂非懂地点点头。孩子，其实，那块砖头我早看到了，我知道你不会注意到它，你刚学会走路，只会看天，不知道看路。我也料到你一定会被它绊倒，因为你还不会绕过它。即使不是这块砖头，也总有其他砖头，将你一次次绊倒，这一点也不奇怪。你被绊倒了，摔痛了，你就会从此记住，路上的石头是会绊脚的。明白这一点非常重要，一生当中，我们会遇到多少这样的石头啊。这一跤，你一定得摔，而且，天知道我们要摔多少跤，才会真正长大。

你终于可以自己满世界地跑了，再也不需要大人跟在你的身后了。孩子，你不知道，父母的视线，其实一刻都没有离开过你。还记得吗，有一年冬天，小区里的水池里刚结了冰，你就尝试着想从冰上走。那么薄的冰，哪能承担得了你的体重呢？你的脚刚刚迈上去，冰就“咔嚓”一声碎裂了，你一脚踩进了刺骨的冰水里，吓得尖叫起来。我冲过去，一把将你拽了上来，抱回家中。事后，我记得你问过我，咋就那么神，你刚掉进水池里，我就像救星一样出现在你的面前。孩子，你并不

知道，看到你一脸好奇地走近水池边，我就一直在暗自注视着你，我知道你会不知深浅地在冰上走，而只要你踩在冰上，就一定会掉进水池里。我当然可以制止你，让你不要犯这个错误，但我没有。我不想阻止你的探险，人一定得有一点儿好奇心，要有一点探险精神。同时，说实话，我想看着你犯错，错误会让你吃苦头，长记性的。

孩子，你说得对，每次你犯错的时候，我都会及时发现，并出现在你的面前。因为我知道你会犯错误，而有的时候，我甚至有点迫不及待地等待着你犯错误。

有一天，你和几个小朋友在楼下玩，站在窗前，我看得十分清楚。看到你和小朋友们玩得这么融洽，我很开心。可是，突然，你和其中一个比你小的小朋友发生了矛盾，好像是为了一个玩具，最后，你竟然从他手上强行将玩具抢了过来。看到这一幕时，我简直不敢相信自己的眼睛，那是你吗？我的孩子，为了一个小玩具，你竟然学会了抢夺。我迅速冲下楼，严厉呵斥了你的行为，让你将玩具还给人家，并向他道歉。回家之后，你被罚跪在搓衣板上，面壁思过一个小时。你心甘情愿地接受了惩罚，因为你知道你错了。

我的孩子，我知道迟早有一天，你会犯这个错误，这一天，终于来了。虽然你从小就非常善良，通情达理，可是，面对比你弱小的人，面对诱惑，总有一天，说不定你也会恃强凌弱，甚至巧取豪夺。今天，你终于犯下了这个错误，所幸的是，我及时发现，并制止了你的错误。我惩罚你，就是要你记住，欺凌、掠夺别人，是严重的错误，永远也不要再犯这样的错误。

人这一辈子，必然会犯各种各样的错误，犯错误并不可怕，可怕的是犯了错却不自知，可怕的是一犯再犯，可怕的是明知故犯。你成长的过程，其实就是一个不断犯错、不断认错、不断纠错的过程。我在等你犯错，就是要抓住一切机会告诉你，那样做是错误的，那是你绝不能再犯的错误。

孩子，我无力为你指出人生中的每一个错误，但我希望，在你年少时，多犯几个错误，我们共同来面对它、纠正它、克服它。这样，当你长大成人，独立面对社会时，就会少犯几个错误，少跌几个跟头啊。

爱是什么

◘ 肖艳霞

一天，上帝问了天使一个问题：爱是什么？天使无法回答，决定到人间寻找答案。

在人间，天使碰到一位年轻的母亲，问她爱是什么，年轻的母亲充满柔情地看着自己怀里的孩子说：爱就是为他无怨无悔地付出。天使明白这是母亲之爱。

天使继续前进，碰到一位正在严格训练自己儿子的父亲，问他爱是什么，父亲充满期望地看着自己的儿子说：爱就是望子成龙。天使明白这是父亲之爱。

天使继续前进，碰到一位正精心照顾母亲的年轻人，问他爱是什么，年轻人充满感激地看着自己的母亲说：爱就是回报。天使明白这是子女之爱。

天使继续前进，碰到一位正在看护小孩的老者，问他爱是什么，老者慈祥地看着身边的小孩说：爱就是前人种树，后人乘凉。天使明白这是长者之爱。

天使继续前进，碰到一对白发苍苍的夫妇，问他们爱是什么，夫妇互相依偎着说：爱就是互相扶持，相守一生。天使明白这是忠贞之爱。

天使继续前进，碰到一位暗恋着一个女孩的男孩，问他爱是什么，他热忱地望着远处的女孩说：爱就是默默关注，默默付出。天使明白这是付出之爱。

天使继续前进，碰到一对游戏中的朋友，问他们爱是什么，朋友微笑着说：爱就是互相帮助，志同道合。天使明白这是友情之爱。

天使继续前进，碰到一位布道中的牧师，问他爱是什么，牧师神圣地看着下面的听众说：爱就是在苍生之中传播上帝之爱。天使明白这是博大之爱。

天使继续前进，碰到一位正在运筹决策的国家元首，问他爱是什么，元首坚定地望着国旗说，爱就是尽职尽责，为人民谋福利。天使明白这是责任之爱。

天使糊涂了，同样的问题，但不同的人给了不同的答案，爱到底是什么？他得不出答案，只能把自己的所见所得报告上帝，上帝听后，微笑着说：不同的人有不同的爱，但这些爱都有一个共同点，那就是关心，付出，这就是爱。

为人父母的无能为力

（阿根廷）罗莎·罗德里格斯

我能给你生命，但不能代替你生活。

我能教你很多东西，但不能强迫你学习。

我能指挥你，但不能永远给你指明方向。

我能给你自由，但不能为你自由之下所做的事情负责。

我能教你分清对错，但不能替你决定。

我能为你买漂亮的衣服，但不能美化你的内心。

我能给你忠告，但不能替你实践。

我能给你爱，但不能强迫你接受它。

我能教会你分享，但不能强迫你这么做。

我能告诉你什么是尊重，但不能让你变得彬彬有礼。

我能建议你拥有好朋友，但不能替你选择。

我能对你进行性教育，但不能使你保持纯洁。

我能告诉你喝酒的危险性，但不能替你说“不”。

我能提醒你远离毒品，但不能避免你接触它们。

我能告诉你人要有远大的目标，但不能替你实现它。

我能告诉你美德的重要性，但不能让你成为高尚的人。

我能告诉你生命是什么，但不能给你永恒的生命。

批评和表扬

毕淑敏

韩国的古书，说过一个小故事。

一位名叫黄喜的相国，微服出访，路过一片农田，坐下来休息，瞧见农夫驾着两头牛正在耕地，便问农夫，你这两头牛，哪一头更棒呢？农夫看着他，一言不发。等耕到了地头，牛到一旁吃草，农夫附在黄喜的耳朵边，低声细气地说，告诉你吧，边上那头牛更好一些。黄喜很奇怪，问，你干吗用这么小的声音说话？农夫答道，牛虽是畜类，心和人是一样的。我要是大声地说这头牛那头牛不好，它们能从我的眼神手势声音里分辨出来我的评论，那头虽然尽了力，但仍不够优秀的牛，心里会很难过……

由此想到人，想到孩子，想到青年。

无论多么聪明的牛，都不会比一个发育健全的人，哪怕是稍明事理的儿童，更敏感和智慧。对照那个对牛的心理体贴入微的农夫，世上做成人做领导做有权评判他人的人，是不是经常在表扬或批评的瞬间，忽略了一份对心灵的抚慰？

父母常常以为小孩子是没有或是缺乏自尊心的。随意地大声呵斥他们，为了一点小小的过错，唠叨不止。不管是什么场合，有什么人在场，只顾自己说得痛快，全然不理会小小的孩子是否承受得了。以为只是良药，再苦涩，孩子也应该脸不变色心不跳地吞下去。孩子越痛苦，越说明对这次教育的印象深刻，越能够起到举一反三的效力。

能够约束人们不再重蹈覆辙的唯一缰绳，是内省的自尊和自制。它的本质是一种对自己的珍惜和对他人的敬重，是对社会公有法则的遵守服从。如果一个孩子从小就在无穷的心理折磨中丧失了尊严，无论他今后所受的教育如何专业，心理的阴暗和残缺都很难弥补，人格将潜伏下巨大危机。

人们常常以为只有批评才需注重场合，若是表扬，在任何时机任何情形下都是适宜的。这也是一个误区。

批评就像是冰水，表扬好比是热敷，彼此的温度不相同，但都是疗伤治痛的手段。批评往往能使我们清醒，凛然一振，深刻地反省自己的过失，迸发挺进的激奋。表扬则像温暖宜人的沐浴，使人血脉贲张，意气风发，勃兴向上的豪情。

但如果是在公众场合的批评和表扬，除了对直接对象的鞭挞和鼓励，还会涉及到同时聆听的他人的反应。更不消说领导者常用的策略往往是这样：对个别人的批评一般也是对大家的批评，对某个人的表扬更是对大多数人的无言鞭策。至于做父母的，当着自家的孩子，频频提到别人孩子的品行作为，无论批评还是表扬，再幼稚的孩子也都晓得，更是醉翁之意不在酒的含沙射影。

批评和表扬永远是双刃剑。使用得好，犀利无比，斩出一条通达的道路，使我们快速向前。使用得不当，就可能伤了自己也伤了他人，滴下一串串淋漓的鲜血。

我想，对于孩子来说，凡是隶属天分的那一部分，无论是表扬还是批评，都不必过多地拘泥于此。就像玫瑰花的艳丽和小草的柔弱，都有浓重的不可抵挡的天意蕴藏其中，无论其个体如何努力，可改变的幅度不会很大，甚至丝毫无补。玫瑰花绝不会变成绿色，小草也永无芬芳。

人也一样。我们有许多与生俱来的特质，每个人都是不同的。比如相貌，比如身高，比如气力的大小，比如智商的高低……在这一范畴里，都大不必过多地表扬或批评。夸奖这个小孩子是如何美丽，那个又是如何聪明，不但无助于他人有的放矢地学习，把别人的优点化为自己的长处，反倒会使没有受表扬的孩子滋生出满腔的怨怼，使那受表扬都繁殖出莫名的优越。批评也是一样，奚落这个孩子笨，嘲笑那个孩子傻，他们自己无法选择换一副大脑或是神经，只会悲观丧气也许从此自暴自弃。旁的孩子在这种批评中无端地得了傲视他人的资本，便可能沾沾自喜起来，松懈了努力。

批评和表扬的主要驰骋疆域，应该是人的力量可以抵达的范围和深度。它们是评价态度的标尺而不是鉴定天资的分光镜。我们可以批评孩子的懒散，而不应当指责儿童的智力。我们可以表扬女孩把手帕洗得洁净，而不宜夸赏她的服装高贵。我们可以批评临阵脱逃的怯懦无能，却不要影射先天的多病与体弱。我们可以表扬经过锻炼的强壮机敏，却不必太在意得自遗传的高大与威猛……

不宜的批评和表扬，如同太冷的冰水和太热的蒸汽，都会对我们的精神造成破坏。孩子的皮肤与心灵，更为精巧细腻。他们自我修复的能力还不够顽强，如果伤害太深，会留下终生难复的印迹，每到阴雨天便阵阵作痛。遗下的疤痕，侵犯了人生的光彩与美丽。

山野中的一个农夫，对他的牛，都倾注了那样的淳厚的用心。人比牛更加敏感，因此无论表扬还是批评，让我们学会附在耳边，轻轻地说……

爱的札记

肖复兴

对于孩子，爱和教育是两把不同的钥匙。

如果用两手抓来作比喻，爱是右手，教育是左手。

如果用另一种比喻的话，爱可以是阳光、雨露；教育却不尽是阳光、雨露，而有时是暴风雨。仅仅是阳光、雨露而缺少暴风雨的孩子，只能是被爱烘烤的松软的面包，而难以长大。

爱孩子，是很容易的，就连母鸡都会爱自己的小鸡娃。教育自己的孩子，就不那么容易，它要求家长不仅有足够的时间和耐心，更要求家长有知识和思想。

过分爱孩子，会导致一种自私；

放弃教育孩子的责任，也是一种自私。

孩子摔倒的时候，如果你立即上前扶起他，以后，他总会要人扶助；

孩子摔倒的时候，如果你埋怨他，以后，他会格外小心翼翼；

孩子摔倒的时候，如果你嘲笑他，以后，他对人不信任乃至敌视；

孩子摔倒的时候，如果你鼓励他自己站起来，在以后的生活道路上，他会面对困难而坦然，会不怕摔倒，会觉得摔倒是正常的。

没有摔倒过的人，是不存在的。

孩子的成长，总是吃甜是不够的，还得吃一些苦。这样，在他成长的过程中，营养才能平衡，才会明白生活并不仅仅是巧克力糖，才会在困难和挫折面前懂得咬牙而不是皱眉头。

一百个胜利，有时候不及一个挫折。

挫折教育，是孩子必需的；挫折，是孩子严峻却有用的教师。

爱心，什么时候都是需要的，都是极其宝贵的。但爱心并不是唯一的、万能的。

有时候，对于我们的孩子身上的缺点、性格上的弱点和心理上的缺陷，更需要的是下得了狠心，去批评孩子、严格要求孩子，要像秋风扫落叶一样的无情。

这是爱心另一只飞翔的翅膀。

最伤孩子心的十句话

1.我们是不行了，孩子，就看你的了！

把孩子的发展当成自己唯一的指望，是一种丧失自我的表现。这种家长往往得过且过，患得患失。自我丧失感虽然是为人父母的共性，但它并不是一种健康的心理，这种心理会给孩子造成负面影响。

2.你看看人家谁谁谁！

或许这是家长们最常说的一句话了，而恰恰是孩子们最讨厌的一句话。这种比较对孩子价值观确立是一种极大的干扰，对于孩子的自我评价系统也是一种破坏。

3.没时间管你，不挣钱怎么过日子啊？

名人言：“没有时间就意味着没有时间做人。”抽时间和孩子相处是教育最大的前提。

4.宝宝，爸爸不听话，打他！

经常见到一些父母把孩子当玩具或者宠物，为了好玩，开这样或那样的玩笑。要知道孩子小时候是不辨是非的，什么行为得到鼓励和刺激，什么行为就得到强化。父母不应该随便利用孩子开玩笑，在这些无聊的玩笑中，孩子会养成不良的习惯，滋生不良的价值取向。

5.进了前三名，妈妈给你买……

物质奖励看似是一种增强孩子动力的保障，其实弊大于利。孩子学习不是为家长学的，考砸了惩罚，考好了奖励，破坏了孩子对知识的正常理解，也助长了孩子的功利心。

6.没有原因，我说不行就不行！

这是典型的暴君式教育方式，源于家长头脑中的“棍棒底下出孝子”的传统观念。这不仅会导致亲子关系对立，更会破坏和妨碍孩子的公正心和民主意识成长，缺乏协商能力，甚至还会滋生暴力倾向。

7.你爱怎么着就怎么着吧，谁管得了你啊？

一般父母这样说的时候，并非孩子完全不服管，可能只是不小心旧错从犯，这会让孩子觉得委屈。此类方法前两次用或许会让孩子感到愧疚，但是用多了就会引起逆反心理，索性将错就错。

8.孩子是我的，我想怎样就怎样！

因为孩子是自己养的，所以就把孩子看成是自己的私有财

产，把愿望强加于孩子，任由情绪随意发泄，无视孩子的个人意愿。会让孩子心生怨意，久而久之形成孩子与家长关系紧张或滋生叛逆。

9.你怎么这么笨？

反复的言词否定，无异于毁灭孩子的自信，让孩子自我否定并且在面对同一件事时越来越恐惧。

10.如果爸爸妈妈离婚，你要爸爸还是要妈妈？

如果是真离婚另当别论，如果仅仅是个玩笑，那就太愚蠢了，孩子会因此产生恐惧心理，他一定会想爸爸妈妈为什么要离婚？他们是不是不要我了？他也一定会考虑自己会跟谁，但结果更遭，因为他发现跟谁都很痛苦。如此周而复始地焦虑不安，很可能形成抑郁情绪。

谁开家长会

◎ 乔 迁

陶陶放学回来，开门进屋，悄无声息，猫一样蹑手蹑脚。一迈进屋，陶陶的目光便急速地寻找猎物一样环视了一下室内，最后目光落到了坐在客厅沙发里望着电视屏幕的爸爸。

陶陶进来，尽管无声无息，但陶陶知道，从没有声响进来的那一刻起，爸爸的心就感到了下沉。看着陶陶躲着快速地进了卧室，爸爸重重地叹了一声。厨房的门开了，陶陶的妈妈从厨房里快步走了出来，陶陶妈听到陶陶爸重重的一声叹息，便急忙地扫视了一眼门口，陶陶的鞋摆在门口呢，妈妈的心也立即沉落了下去。

陶陶从卧室出来了，脸红红的，她手里捏着一张纸，慢慢地走到父母跟前。陶陶不敢直视父母的脸，羞愧地低声说道："我没考好!"

爸爸没动，也没说什么，眼睛还是直望着电视屏幕，好像根本没听到陶陶说话一样。但脸色冷峻得像是电视里的法官。妈妈哀怨地望了一眼陶陶，叹息一声，缓缓地从陶陶手里接过成绩单，成绩单上的分数显然不是父母所希望和要求的。妈妈抖动着成绩单痛心地说道：“你太让我们失望了！”

陶陶的眼睛里立刻盈满了羞愧的泪水。

陶陶用力抿了几下嘴角，终于说道：“明天开家长会。”

爸爸猛然站起身来，冷冷地说了一句：“我肯定不去。”说着，就向书房走去。

妈妈立刻赌气地说：“你不去，我也不去。”

爸爸站住了脚步，转过脸说：“那么多家长也就我是个单位领导，可我的孩子成绩并不是最好的，让我的脸在那些人面前怎么放？”

妈妈挺直了身体，怒气满面地说：“就你是个领导，就你要面子，我还是个老师呢！平时都是我给学生开家长会，现在让我以家长的身份去开家长会，我心里好受啊？”

陶陶站在父母中间看着两人争吵，泪水淌下来。

爸爸冷冷地说：“你是老师，自己的女儿都教不好，你不好受不正应该吗？”爸爸说完，进了书房。

妈妈愣住了，直望着爸爸进了书房。妈妈的眼里突然满是泪水，无奈地望着陶陶哭了起来。哭了一会儿，突然跳起身来，扑向书房。妈妈撞进书房对陶陶的爸爸语气凌厉地说道：

“陶陶不是我一个人的，凭什么就得我去开家长会?”

爸爸望着妈妈说：“那你想怎么样?”

妈妈说：“咱们抓阄决定谁去开家长会。”

爸爸愣了一下，随即笑了笑，说：“也好，公平。”

妈妈撕了两页纸，在一张纸上写了一个“去”字，然后把两页纸揉成了团，扔在桌子上。爸爸和妈妈一人抓了一个，小心翼翼地打开，结果是妈妈抓到了“去”字。爸爸高兴地把纸团往妈妈手里一塞，有些喜形于色地说道：“怎么样，该你去就得你去。”妈妈十分沮丧地把两个纸团扔进了垃圾筒里。

爸爸和妈妈在饭桌旁坐下来，却不见陶陶出来。妈妈喊了两声，也不见陶陶回声，妈妈起身打开了陶陶的卧室。卧室空空的，妈妈心里一惊，忙呼喊陶陶的爸爸。爸爸跑进来，他们看到了陶陶的床上有一页信纸和两个纸团。妈妈拿起信，是陶陶写给他们的——

爸爸妈妈：

我没有想到你们会用抓阄的方式来决定谁去开家长会！我是鼓足了勇气把成绩单拿给你们的，但我没有想到的是，你们竟然没有勇气去开家长会。床上的两个纸团是我给你们的选择：以我现在的学习成绩，还能不能做你们的孩子，你们抓阄决定吧！

爸爸和妈妈呆愣地望着两个纸团，谁也不敢伸手去抓起纸团……

转瞬间，我成了大人

(美国) 理查德·科恩

几年前，我们一家人在科德角团聚。我们到一家餐馆吃饭，吃完饭后，侍者把账单放在桌子当中，可这时，父亲并没有伸手去拿账单。

实际上，父亲对此根本无动于衷。后来，我才渐渐醒悟过来。该轮到我了！这么多年以来，我曾上百次地和父亲一起去餐馆吃饭，我一直认为应当由父亲付钱，可现在这一切都变了。我伸手拿过账单，只是大笔一撩，签了名，转瞬之间，我变成了大人。

有的人以年岁来划分生命的阶段，其他人则以一生所遇到的大事来划分，我是属于后者。当一个孩子走进我干活的店铺叫我先生时，我就像被重重地打了一拳一样。我！他是在和我说话。转眼间，我成了一位先生。

有一天，看足球赛时，你会突然发现运动员都比你年轻，他们只是些大孩子。你也许曾有过一种幻想，总有一天，我也可以成为一个运动员。可是有一天我意识到我不能参加比赛了。还没到达山前，我就已经跃过去了。

对有些人来说，一生中最为重大的事件是父亲或母亲去世。只要你的父亲或母亲健在，从某种程度上来说，你还是个孩子。无论如何，至少有人在无条件地爱着你。

对于女性来说，当她们不能再生儿育女的时候，就到达了生命中的一个里程碑。生命力的丧失和再也无法孕育新的生命，这是同一问题的不同方面。对于一个膝下无子的妇女来说，她们能主宰自己生活中的一切，但唯独无法控制时间。人生的这一里程碑是很残酷的。

对我来说，我把另一种并非如此严重的事当做我生活中的大事件——例如，接受国内税务局的检查。我是一个纳税人，一个成年人。

还有其他一些可以称得上是人生中划时代的事件。我记得和儿子激烈争吵的那一天，我意识到自己再也不能威吓他了，他已经长大了，必然要得出的结论是：我也变老了。

我从来没有想到我也会像父亲那样看着电视就睡着了。我从来没想到吃什么东西会不对我的胃口，现在，我总是遇到这样的问题。我从没想到我会欣赏歌剧。但是现在，那些伤感的、哀婉动人的音乐特别能打动我的心。

我从没想过自己宁愿待在家里也不去参加社交活动，而现在，我发现自己拒绝参加社交活动了。以前我总认为爱观察鸟的人是一些稀奇古怪的人，可是今年夏天，我发现自己也在看鸟了。我从没想到过需要宗教，但我又一直渴望有宗教信仰，不过是为了能继承祖先的传统而得到欣慰，这样就觉得与长逝的祖先之间的距离缩短了，在和我的儿子争论时就能效仿我父亲。但我仍然做不到。

有一天，我与别人共饮；有一天，我和一个侍者领班打交道；有一天，我买下了一幢房子；又有一天——这是多么令人激动的一天啊！——我当上了父亲。那以后不久，我拿起账单付款了。那时，在那种场合，我想到那是我一生中的一件大事。一直到我年岁再大一些的时候，我才意识到，对父亲来说也一样。这又是一个里程碑。

找个机会把椅子坐垮

◎ 韩春梅

叭！一声脆响从厨房里传来。我和母亲都下意识地站了起来，一起向厨房走去。

原来是正在厨房烧菜的大哥摔碎了一个碗。

“岁岁（碎碎）平安，岁岁平安！”一向迷信的母亲看着一地碎片虽然心疼，现在也只能讨个吉利的彩头了。

“手没事吧？”母亲问。

“没事，没事！”大哥憨厚而歉意地笑着。

大哥这个人很粗心，总是毛手毛脚的，家里不少东西都是由他经手破坏掉进了垃圾箱的。

“这个碗早就缺了口，摔了也好，要是不小心划伤手和嘴……”给碎碗“验尸”时，母亲认出这是只“伤残”碗，于是心疼的感觉减轻了许多。

吃完午饭，大哥出去买了几个新碗补充进了碗橱。大哥每次在家里损坏了“公物”后都是这样，起初母亲总是怪他总是把自己当外人，太客气，后来也就习以为常了。

“咔嚓”，大哥一屁股坐在了春秋椅上，那把陈旧的椅子顿时塌了下去。

“这把椅子大概买了二十年了吧？快不行了，换一把吧！”大哥对父亲说。

“你坐我这儿，我来坐。这把椅子我坐了二十多年了，习惯了。你块头大，我坐就没事……”父亲要和大哥换座位。

节约了将近一辈子，要父亲、母亲大方起来的确不容易，我早就不指望他们能处理掉那些古董级的物件了。大哥每每劝说无效，也就不再坚持。

吃完晚饭，大哥一家要回去了，我送他们去公共汽车站。

到了车站，远远看到车来了。大哥忽然对我说：“那把椅子真的快垮了，早晚会摔着人，爸妈都七十多了，万一有个闪失……你看能不能找个机会尽快把椅子‘坐’垮了，给爸妈再买把新的。”说完，大哥便和嫂子、侄儿上了车。

望着渐渐远去的公共汽车，我这才知道大哥并不粗心，相反还是个很细心的男人，细心到让我为我的迟钝感到羞愧。

第二天，我第一次损坏了家里的“公物”——那把老古董的春秋椅。

爱不埋怨

黄 健

那天，我和几位同事下乡慰问一位贫困学生。

对这次帮扶的对象，我只知道个大概。这是一个农家孩子，今年以高分考取了某名牌大学，但家境贫寒，快开学了，仍未筹齐学费，面临着放弃学业的窘境。他的父亲已经快六十了，近四十岁才讨了老婆。谁知婚后女方竟患上了精神病，一天到晚疯疯癫癫，全家仅靠父亲在附近工地做小工维持生计。每天 20 块钱的收入，既要供他上学，又要为母亲求医问药，家庭拮据可想而知。现在，又要一下子拿出上万元学费，谈何容易！

那位学生见我们来，高兴地向我们问好。他看上去瘦瘦的，脸色黝黑，一副严重营养不良的样子。他的父亲赶紧用袖子在长凳上擦拭了几下，笨拙地端给我们坐。他的母亲一直倚着门框傻傻地笑。他的家比我想象中的更穷。墙面上的石灰经不起风雨的侵蚀而纷纷脱落，阳光透过砖缝射进屋里来，在坑坑洼洼的地面上留下一个个斑驳的影子。两间小屋，一间是灶间，除了一张方桌和几张长凳外，别无他物；另一间算是卧室，两张木床挤在一起，被褥旧得发白，垫被连棉絮都露在外面。唯一整理得井井有条的是一张旧桌子，应该是他的书桌吧，上面整整齐齐地放着几沓书。

在来的路上我就想，生活在这样一个不幸的家庭里，对这孩子是多么不公平。我想这孩子不是怨天尤人，也一定是一筹莫展、沮丧失望、茫然无助或者是痛哭流涕。可奇怪的是，在他家半个多小时，他始终保持着灿烂的微笑，还时常发出清脆的笑声。他的笑给这个沉闷的屋子带来了一丝生机。

临走时，我忍不住问："你生活在这样一个家庭，是不是觉得很不幸？我们虽然给你筹措了一部分学费，但还不够，如果到开学还未筹齐，就不得不放弃上大学的机会，你会不会怨恨你父母？"他仰起笑脸，认真地说："不会。我爸爸爱我，为了这个家，他每天早出晚归，尽他最大的努力。我母亲有病，常和左邻右舍争吵，别人劝都劝不住，可是只要我一叫她，她就会乖乖地跟我回家。我知道，那是因为她爱我。他们都爱我，我还有什么理由去怨恨呢？"

是啊，一旦让爱占据了你的心灵，再大的不幸都可以忽略不计了。

父母不会在原地等你

◎ 佚 名

电视节目主持人杨澜有一次采访1998年诺贝尔化学奖获得者、美籍华人崔琦。

崔琦出生在河南农村，父母都是大字不识一个的农民，但是他妈妈颇有远见，咬紧牙关省吃俭用，在崔琦12岁那年将他送出村读书。这一走，造成了崔琦与父母的永别。后来他到中国香港、美国，成了世界名人。谈到这里，杨澜问崔琦："你12岁那年，如果不外出读书，结果会怎么样？"结果当然就是他不会有今天的成就，也许现在还在河南农村种地。

可是崔琦的回答大大出乎人的意料，他说："如果我不出来，三年困难时期我的父母就不会死。"崔琦后悔地流下了眼泪。在他拼搏奋斗的生涯中，他肯定不止一次地想过他的父母，也想过有一天终于和父母相守在一起。但世事不如人意，蓦然回首，父母已经离他而去。从此，人生无论怎样辉煌，终究无法弥补父母已经不在的遗憾。

我想起了前不久从美国归来的一位朋友。接到他的电话时，我颇感意外。因为这位朋友远在美国，想在国外定居，父母也很支持，工作学习都很顺利，我们都以为，他在美国定居是理所当然的事情。现在有好多人不是都想方设法跑到国外去吗？

可到了决定的关头，他犹豫了。这些人在国外，看着朋友们来回奔波于美国中国的，这回有朋友的母亲病重了，这回又有朋友的父亲去世了，要回去奔丧了。回来后，朋友们都长吁短叹的，后悔不已。并且出现了很多很多的“早知道……，早知道……”这种情况让他战栗不已，跟着也有了电话恐惧症，害怕听到来自国内的电话，特别是家里的电话，恐惧一直围绕着他。虽然父母也很支持他在美国定居，但是父母单独留在国内，的确也是很令人担心的。思前想后，他下了个大决定，回国！美国的朋友们都出乎意料地支持他，希望他别重蹈覆辙，好好地陪父母走完最后的人生道路！于是他回国了。

回国后，他在城里上班，父母在离城不远的郊外居住，过着田园般悠闲的生活。他每天都回家吃饭，周末一般没什么活动也待在家里，陪父母聊天，下棋。某一周末，朋友们约他出去玩，时间是两天一夜的周末，说：“你天天回家陪父母，和朋友们都聚会少了，一直待在郊外多闷啊。走，去好好地玩他

个天翻地覆，父母少陪两天没事的。”他拒绝了朋友，淡定地说：“父母老了，他们不会一直在原地等你的！他们一辈子在等你，等你出生，等你长大，等你上学回家……现在等你下班回家吃饭，他们还有多少时间可以等呢？”说完后就回家了。他所不知道的是，那天的聚会没办成，朋友们都马上赶回家了……因为，父母不会在原地一直等你的！

看完后感慨万千，以前的辅导员曾对我说，她的很多同学博士毕业后离开香港去了美国，尽管有一些在学术领域发展得相当不错，但是，他们的心始终充满了矛盾。随着年龄的增长，大部分同学的父母年龄已经六十有余，但美国这边的事业又放不下，这个时候，很多人都会感到有些不知所措，就像头顶悬着什么东西时刻会砸下来。

很多人背井离乡，甚至远至海外，为了追求他们的梦想，追求事业有成，追求前途无量。总是想着等着自己有了钱一定好好的孝敬父母，想着买了大房子就一定接父母来住，想着忙过了这一阵子一定回家看望父母……然而，父母是不会在原地等你的。也许，等你有一天人生辉煌时，父母却已经离你而去了，让你留下“子欲养而亲不在”的懊悔。

子曰：“父母在，不远游，游必有方。”

年少时不懂这句古语的含义，曾私下耻笑：为什么总要留在父母身边？曾经我很赞叹“好男儿志在四方”这句话，梦想去云游四方。

带着这个梦想，我们迫不及待地离开了家乡，也真正离开了父母的身旁。曾经为自己能实现这一愿望而自豪，曾经为自己能走出家门而庆幸。殊不知世事艰辛，唯有离开家乡的人能体会到。

少年不识愁滋味，爱上层楼。爱上层楼，为赋新词强说愁。

而今识尽愁滋味，欲说还休。欲说还休，却道天凉好个秋。

一次离去的结束意味着更远的离去，归期却不可知。回头再望，家乡是如此美丽，父母身边是何等温馨。

仔细再读：子曰："父母在，不远游，游必有方。"方觉其中的奥秘。

这句话出自《论语》中的《里仁》这一篇。意思是：孔子说："父母在世，不出远门。如果要出远门，必须要有一定的去处。"方，在这里是指方向，地方，处所。这句话要辩证地理解：表明孔子既强调子女应奉养并孝顺父母（远游就做不到了），但又不反对一个人在有了正当明确的目标时外出奋斗。

不知道我们是否算是"游必有方"呢？

每一次回家，都是来去匆匆。放一次大假，总是很晚才回去，又很早就返校了；即使在家里的一段时间，也是整天对着电脑，忙这忙那，搞东搞西，连和父母聊天的时间都没有。也许是真的忙碌，也许是习惯了漂泊，也许唯有父母能不挑剔我的所作所为……

每一次长时间的分别后，第一眼父母给我的感触是：父母又苍老了许多，额头上的皱纹又增加了许多，身体已渐渐逝去，而逝去的光阴却无法再找寻了。

每次给父母打电话，父亲依旧再三叮嘱我：在外多注意身体！此刻，我深感——母爱、父爱如山！

子游问孝。子曰：“今之孝者，是谓能养。至于犬马，皆能有养；不敬，何以别乎？”《论语》中对“孝”的强调，一直是从情感意义上进行说教。孝注重的是情感与精神的慰藉，而非物质的满足。切不可“树欲静而风不止，子欲孝而亲不在”。